私をくいとめて

綿矢りさ

JN031539

朝日文庫

本書は二〇一七年一月、小社より刊行されたものです。

目次

私をくいとめて　5

解説　金原ひとみ　243

私をくいとめて

　実験室と台所の中間のような空間に、私たち生徒は集められた。生徒といっても今日一日だけの臨時生徒だ。講師の手元には寸胴鍋《ずんどうなべ》にたっぷりと沸かしたお湯がある。講師は赤い縞《しま》模様の模造のエビをお湯に浮かせると、エビに向かって小麦色のロウを高い位置からぽとぽとと垂らした。ただのロウがたちまち天ぷらの衣のようにふわふわに固まり、講師がお湯に指を突っ込みエビにくるりと巻きつけると、新鮮なエビの天ぷらが出来上がった。

「ハイ、できました。同じ要領で、シシトウとイモの天ぷらも作ってみましょう。衣は分厚くしすぎずに適量を慎重に、でも手早く垂らしてくださいね」

　講師のしゃべる内容も、エプロン姿の生徒たちも、まるで料理教室のようだけど、本当に食べられるものは何一つ作らない。生徒たちは次々と模造の野菜に衣をまとわせて、まだ濡《ぬ》れているのをふきんの上に置き乾かす。私もやってみるけど、ロウを高い位置から垂らしてエビに命中させるのは意外に難しく、間違って離れた場所に飛び散ったのを、あわててエビに引き寄せてくっつけた。ロウが固まるのを防ぐためか、お湯は思っていたより熱く、天ぷらとなったエビを取り出した手が赤くなっている。続いてシシトウとイモにもチャレンジした。イモはエビと違って尻尾の部分には衣をまとわりつかせないなどの配慮は必要なく、全体に衣をまとわりつかせればいいだけなので、かんたん。シシトウはへたの部分に衣がつかないよう気を配る。どうでもいいことのような気がするけど、せっかく作るならリアリティを求めて細部にこだわりたい。

時間は午後六時、多くの奥さんが本物の天ぷらを揚げているだろう時間帯に、私は一人で合羽橋《かっぱばし》まで来て、食品サンプル作りの一日体験講座に参加している。レストラン前のショーケースなどに並ぶ食品サンプルのクオリティが日本は非常に高い、というのは有名だけど、サンプルを多く生み出している場所が合羽橋だとは、この講座に申し込むまで知らなかった。自分たちで作れるほど身近な存在だということも。マイナーな趣味のはずだけど受講者は満員の十二名。一日体験コースでお手軽だから、東京観光のついでに、と旅行客も参加しているようだ。年齢層も様々な人たちが、お湯のせいで若干むし暑い教室内で、汗をかきながら天ぷらのロウが固まるのをじっと待っている。

「よくこちらで作った食品サンプルを冷蔵庫に入れる方がいますが、冷えると割れる可能性があるので、やめておいてくださいね。見た目は本物そっくりですが、なにしろ原料はロウですから」

出来上がった天ぷらたちを見て、ちょうど〝冷蔵庫にひっそり入れておけば、おもしろいかな……〟と思っていたので、ぎくりとした。本物の食品にまじって、いつまでたっても消費されない偽ものの天ぷらが、冷蔵庫の片隅にずっとある図を見てみたかった。ちゃんと皿に置いて、ラップまでかけて。同居してる家族でもいれば、本物の食品と一緒に食卓へ並べて、いつ模造だと気づくかどうか試して遊んだりできるかもしれないが、私は正真正銘の一人暮らし。冷蔵庫はまだしも、模造だとすでに知っているのにテーブルに並べて、〝本物かと思った！〟と驚いたふりをするのも虚《むな》しい。

冷蔵庫がだめなら、コレはどこに置けばいいの？　棚の上に置いても玄関先に置いても、異様に目立って、まるで天ぷら教の信者みたいじゃないか。キッチンに置いておけば、いつまでも残り物を放置しておく人みたいだし、じゃま。結局は引き出しの中にしまって何年も放置したままになるんだろうか。いや、こういう時こそ一人暮らしの人目を気にしなくていい特性を生かして、本当に好きな場所に飾るべきだ。いっそ家の一番目立つ場所であるテレビの前に置いて、毎日崇《あが》め奉ろう。

「次は付け合わせのレタスを作りましょう。少しずつロウを垂らして、薄いレタスの葉を重ねていくのが、ちょっと難しいですよ」

またロウを駆使するらしい。自宅でスイーツデコを作ったときは、フェイクホイップの原材料のシリコーン樹脂や、ビスケットやフルーツを固定するためにボンドをよく使った。ケーキやパフェを実物より小さく作る、キーホルダーやアクセサリの素材となるスイーツデコは、食品サンプルより作りやすく、見た目も女子好みだ。ソフトクリームの載ったパフェとマカロンを作ったことがあり、とてもファンシーな出来上がりで気に入っていたが、手作りのせいか脆《もろ》く、キーホルダーとして使ううちにくっつけた丸いビスケットやブドウの粒が、次々にはがれ落ちてしまった。繊細な手芸作品なのだ。

講師は白いロウを丸く固めて芯《しん》を作り、天ぷらの衣と同じ要領で、レタスの葉を模した薄い緑のロウに皺《しわ》を寄せつつ、芯を幾重もの葉で包んでゆく。小ぶりなレタスがお湯をぽとぽと垂らしながら引き上げられ、講師が包丁で半分に切ると、断面が本物のレタスそのもので、何人かから歓声があがった。

食べ物の模造品に興味を持ち始めたのは、ごく小さい子どもの頃からだ。おままごとセットの包丁で半分に切れるミニ野菜シリーズは大好きだったし、逆バージョンのまるで宝石みたいに見えるリングつきの真っ赤な飴《あめ》も大好きだった。大人になってからも土産物《みやげもの》屋で見かける精巧な寿司《すし》やラーメン、ハンバーガーやフライドポテトのマグネットに惹《ひ》かれて、ちびちび買っては一人暮らしの小さな冷蔵庫に張りつけた。とくにイクラの寿司のマグネットが気に入って、本物にしか見えないイクラの透明ぐあいと絶妙なテカりに魅了されて、実際に食べてみたくてたまらなくなった。成人した頃は食玩が大ブームになり、ディズニーキャラクターがケーキになったシリーズや昭和の食卓を再現したシリーズ、アメリカの朝食シリーズを買い漁《あさ》った。大人向けに進化した〝おまけ〟は、どう見てもこっちの方がおまけだろうと分かる少量のラムネと一緒にお菓子売り場で販売されて、おまけ付きお菓子で育った世代の私を、ノスタルジックさとマニアックな精巧さで虜《とりこ》にした。

買うのも飾るのもちょっと恥ずかしく、目立つところに並べているのを友達に見られたくなくて、クローゼットの一角を食玩スペースにして溜《た》め込んだ。食玩と合致した大きさの人形を買って三色団子の載った小皿など持たせると、おいしそうなミニ世界が出来上がった。買うと恥ずかしい年齢にもう達していたが、おそらく本物の子どもより大きな子ども（大人）をメインターゲットに据えているだろうツウ好みなラインナップにまんまと引っかかり、気に入ったのをいくつも買い込んだ。

洋食、和食、ケーキ、パン、懐かしの駄菓子。ありとあらゆる食べ物が指に載るほど小さくなって、同じように小さい食器やトレイに載っている。どれもとても美味《おい》しそうだ。へたすると、本物の食品よりも。ままごと遊びとは違う、凝縮された極小の世界観を、ただつくづくと見る喜びが尽きなかった。とくにパンのシリーズが好きで、焼き目やバターを塗ったツヤが忠実に再現されたクロワッサンやフランスパンは、親指の爪ほどの大きさのものから、手のひらサイズのものまで集めていた。触感まで似せて、ぎゅっと握りつぶしても、またふわふわと形を取り戻してゆく低反発素材のメロンパンまであって、パンならではのふかふか焼き立ての幸福を、うまく再現していた。

そして三十代になったいま、とうとう自分で作り始めている。末期だ。老人の頃にはどうなってるのだろう、間違えて食べてそうだ。

食品サンプル製作体験講座が終了した。屋台で焼きそばを入れるときに使う、透明のプラスチックパックに包まれて輪ゴムで留められた天ぷらとレタスは、ますます本物の食べ物っぽくなって、私の手元へやってきた。おそらく受講者のほとんどが〝帰ったらどこにコレを置こう〟と考えているはずだが、みんな満足そうな表情で自分の作品の入ったビニール袋を大事そうに抱えている。そういえば、一人で参加した私は講師の言葉にうなずいてはいたものの、今日まだ一回も言葉を発していない。

帰り道、地下鉄の入り口まで雨のなかを歩いた。乗客たちの靴が運んできた雨水で濡れている階段を、手すりをしっかり持ちながら一段ずつ下ってゆく。今日は高いヒールのピンクベージュのパンプスを履いている。皮膚の色になじむ上品な色が気に入っているが、すべりやすいのが難点だ。家を出たときはまだ雨が降っていなかったので、一応折りたたみ傘は持って出たが、足元は油断していた。出かける前にかならず天気予報をチェックする人はかなりマメでうらやましい。私はたいてい出たとこ勝負で、曇り空の下を自転車で走り、わずか十分後くらいに雨に降られ、ずぶ濡れになる間抜けな経験も、一度や二度ではない。

口から吐き出される人、飲み込まれてゆく人。今日の地下鉄の喉《のど》は、雨の湿った匂いがする。すれ違う人々のなかには、休日なのに通勤帰りのスーツ姿の男性も多く、階段を足早に上りながら疲れた顔をまっすぐ上げて、出口を見据えている。まるで外にさえ出られれば、抱えている悩みがすべて解決するとでもいうように。ストレスは目に見えない煙草《たばこ》の煙みたいだ。たくさんの言いたいことを毎日文句も言わず嚙《か》み潰してきたしかめ面を、灰色の煙が覆っている。

スマホで路線検索をすると、最寄り駅まで三十分ほどだった。家に帰る頃には七時半を過ぎる。

「晩ご飯は経由駅の百貨店の地下で、お惣菜《そうざい》を買っていこうか。天ぷらがあればいいな。うちの近くの天ぷら屋に入ってもいいけど、タレが甘すぎるのがちょっとなぁ」

「ニセモノの天ぷらは合羽橋まで来て作るのに、自炊はゼロなんですね」

「ゼロじゃない、先週は厚揚げと豚肉の炊き合わせを作ったでしょ。料理酒が無くて焼酎を代用したら、妙に甘くて酸っぱい味になったけど……」

Ｓｕｉｃａ《スイカ》をかざして改札を通り過ぎながら言い訳する。会話だけど、声は出てない。話し相手は私の頭の中に住んでいる。

「さっき天ぷらのサンプルをテレビの前に置こうなんて考えていらっしゃいましたが、やめておいた方がいいですよ」

「なんで？」

「五感は食欲を刺激するって言いますからね。食べ物のことをまったく考えていないときでもサンプルが目に入ることによって、そういえばお腹《なか》がすいたな、となり、なにか食べたくなります。太りますよ。現にあなたは今、天ぷらが食べたくなっている」

「たしかに。じゃあどこに飾ればいい？」

「飾るのは止《よ》しましょうよ。天ぷらはたとえ模造であっても飾るものではない」

急になんの考えもなしに食品サンプルを作ったことを後悔して、ホームへ降りる階段を下っていた足取りが重くなった。

「私の趣味って暗すぎると思う？　孤独なりにも、もっと有意義な休日の過ごし方があった？　正直に答えてよ、A」

「良い時間の過ごし方だったと思いますよ、楽しんでいらしたし」

Aが私をさりげなく気遣う口調になる。

「もともと手芸は得意な方だし、食品サンプルにも詳しくなれたし、素敵《すてき》だったじゃないですか。そうそう、天ぷらのサンプルはキッチンの棚の一番下にしまったらどうでしょう。あそこならしょっちゅう目にしなくても、サランラップやキッチンペーパーを取り出すときにだけ見られるし、置くスペースもあるし、料理中に見かけたらなごめますよ」

「うん、そうする。天ぷらの居場所はあそこにする」

機嫌は直り、ホームへ向かう足は軽くなった。Aは私の気持ちを察するのがうまい。当たり前だ、Aはもう一人の私なのだから。

*

一人で生き続けてゆくことになんの抵抗もない、と思っていた。一日の大半を過ごす勤め先にはたくさんの人間がいるし、否《いや》が応にも彼らとはコミュニケーションを取らなくてはいけないし、休日はときどきは一緒に遊ぶ友達もいるし、実家にもたまに帰る。また気に入ったスポットへ一人で出没するのが、私の趣味でもあり日課でもあるから、休日はいくらあっても足りないくらいだ。むしろ一人でいる時間を一日のうちでなかなか見つけられないので、帰宅後一人の時間が短くなるのがもったいなくて、ついつい夜ふかししてしまうほどだ。

男性も家庭も、もはや私には遠い存在になっている。女友達のなかには、二十代のうちに結婚しなければ生まれたときに妖精にかけてもらった魔法が解けて、カエルの姿に戻ってしまう、ぐらいに焦ってなんとか二十九歳で入籍して安堵《あんど》のため息をもらした子もいる。結婚適齢期になれば実感も湧いてくるかなと思ったけど、しょせん他力本願で、身体《からだ》の奥底から突きあがってくる欲望由来のエネルギーはいつまでたっても湧いてこなかった。

でもやっぱり、どこかでバランスを欠きつつあったのだろう。落ちない程度にふらふらしながら、細い平均台の上を歩いていたけど、気がつけば足を止めてしゃがみ込んでいた。自宅でテレビを見ながらの夜ふかしをしているのに、不思議と次の日、睡眠不足を感じず定時に起きて普通に会社に行ける日々が続いた。一日五時間ほどしか眠らなくても、身体は軽いし、肌の調子も良い。なんだ、私に必要な睡眠時間はたった五時間だったんだ。いままで七時間半も眠っていて損をした、と思っていたら、ある日起き上がれなくなった。

二時を過ぎても真夜中の海底に沈んだまま、体温を低くしてソファに寝そべっていた。テレビの光だけが青白くリビングを照らし、ごく小さい音量で番組の声が聞こえるほかは静まり返り、自分以外の人間は全員寝静まっているのではないかと錯覚するくらい、ひっそりしていた。

テレビ放送が終わり、画面が真っ暗になった。本日の放送を終了します、というアナウンスがあらかじめされた後なので、テレビの故障や電波障害ではないとは分かっていたが、ピーという音と共に八色のカラーバーが現れてこその放送終了というイメージが強かったせいで、思わずただぼーっとして、真っ暗なテレビ画面を見続けた。

　休日の掃除のあとの部屋はさっぱりと片付いて、しかし徹底的にやりすぎたせいで逆に少し落ち着かない。ソファ前のローテーブルに置いたままのリモンチェッロの瓶だけが雑音だった。友達からもらった、イタリア土産のブーツの形をした瓶には、黄色い液体があと少し残っている。全部飲んでしまうつもりが、途中で胸やけがきてやめた。レモンシロップにアルコールを混ぜた味の、甘い喉を焼く液体を飲み干せるほどには、深夜の身体は元気ではなかった。

　ベッドに移動してもいいのに、ソファに寝そべったまま同じ体勢で少しも動く気がしない。いままで一体いくつの夜を一人で暮らしてきただろうか。大学生のときは、テレビはまだテレビデオという画面の下にビデオの取り出し口がある一体型で、立方体に近い形だった。インテリアと呼べるものは生協で買ったクリーム色のカーペットだけで、机の上も床の上も恐ろしく散らかっていたっけ。友達が来たとき掃除が追いつかなくて、物の積み重なった机の上にバスタオルを広げて目隠ししたけど、やって来た友達から見ればバレバレだっただろう。

　大学時代の二つ目の物件は縦に長い1DKで、一番奥にあるベランダの窓は明るかったけど、部屋の中央、キッチンは薄暗く、玄関にいたっては昼間でも即電気を点《つ》けないと足元が見えないくらいに暗かった。下の住人がお経のような、モンゴルのホーミーみたいな喉をふるわせながらの平坦《へいたん》な歌唱に凝っていて、いつも夜十一時から始まるので管理会社を通して苦情を言ったっけ。言った次の日からぴたっと歌声が止んで、うれしかったのに、あんまり何も聞こえなくなったから逆に気味が悪くなった。

　そして、今の部屋。念願の横長のリビングのある2DK、七階建ての五階部分で賃貸ではめずらしい分譲マンションの物件、壁は厚く防音は良好で窓からは日が差し込み、ベランダのゴーヤで作った緑のカーテンも育ちが良い。なのにどこか理想と決定的に食い違っている気がするのはなぜだろう。私はこの場所を目指していままで働いてきたんだろうか。

「そろそろ眠りましょうか。夜ふかしはあなたが思っているよりもずっと、身体に毒ですよ」

　穏やかな思いやりのある声色だった。うとうとしているときに、そっと身体に掛けてもらえるブランケットのような。

「だれ？」

　声は頭の中から聞こえる。唐突に話しかけてはきたが、いままでずっと側《そば》にいたような自然な雰囲気がある。クッションの上に置いていた頭を反対側に向けて、ソファの背と向き合う格好になる。

「真夜中の沈黙に身を浸すのは危険です。漆黒が身体の芯に染み込んで、取れなくなります」

声は私の質問に答えなかった。

「夜にはっきり感じた孤独は忘れられません。孤独は、人生につきものです。誰かといても、癒《い》やされるものではありません。はっきりと意識してはだめです。ふわふわと周りに漂っているときは、息をひそめて吸うのを避けるのです」

「自分が独りぼっちだって、気づいちゃいけないの？」

「気づくのはしょうがない、でもうまく逃げて。変に意識しない方がうまくやれます。普段意識せずにまとわりつかせるだけならいいですが、意識したとたん、どうやってこんな深い海で泳いでいたんだろうと息苦しくなって、なにもかも不自然な、ぎこちない動きになって溺れてしまいます」

「孤独に足を取られる？」

「とにかく、こんなときはさっさとソファからベッドに移動して、毛布にくるまって眠るのが一番です。シャワーは浴びなくてもかまいません、熱い湯を浴びているうちに変にリフレッシュして目が冴《さ》えてしまい、明け方まで眠れないなんて悲劇にならないようにね。歯だけはかならず磨いてください。さあ、ちゃっちゃと寝ましょう」

いやに明晰《めいせき》に頭の中で他人の声が響き続ける。もしかしたらリモンチェッロの酔いがまだ残っているのかと、いきなり身体を起こしてソファに座る姿勢になり、頭が揺れる感覚がないか、視界がいつもより潤んでいないか周りの景色を見て確かめた。普通と変わらない。

「あなたのこと、信じてもいいの？」

「どうぞ、ご自由に。私は常に最善だと思う策をあなたに話しかけています。決してめんどくさがったり、なにかあなたをはめようとしたりして言葉を作ったりはしません。なぜなら私はあなた自身で、あなたが滅びれば私も無くなってしまうのですからね」

「でも実力があるとは限らないじゃない。私にアドバイスできるほどの」

「ごもっともですね。ではなんでもいいので質問してみてください。私は答えます。どう判断するかはあなた次第です」

私は再び寝そべり、こんどは仰向けになって、真正面に向けた顔で唇を舐《な》めた。質問、自分自身に質問かぁ。なんだか危ないことになってきたな。と、考えている間にも、声の主が早く寝た方がいいと時間を気にして焦っているのが雰囲気で伝わってきた。

「じゃあ聞くけど、もう少し人に好かれるには、どうすればいいかな？　ただ座っているだけでだれかが話しかけたくなるような、親しみやすい人間になりたいの。それが無理なら、せめてこちらが話しかけたとき、相手がぎょっとしない自然さを身につけたい」

「哀《かな》しい質問ですね」

「だれかに聞くには恥ずかしいよね。ネットでこっそり調べてみたり」

〝人に好かれる　方法〟という検索ワードを記入したＹａｈｏｏ！ＪＡＰＡＮのホーム画面の映像を思い出して脳に映し出すと、声の主は苦笑した。

「私はね、あなたの生活にもっとカラフルを足せばいいと思うんですよ。たとえばこの部屋。いまは夜ふけに沈んでなにもかも薄暗いけど、電気を点けたところで、白か薄ねずみ色か木目の色しかないでしょう？　しかも今引っ越してきたばかりなんじゃないかと思うくらい、物が少ないし。シンプルすぎます。たとえばここに、明るい黄色の鉢の観葉植物でも置けば、だいぶ生き生きしてくるはずです」

「たしかに殺風景すぎるかもね。自分は落ち着くけど」

部屋を見渡すと、目に見えない収納を徹底した分、クローゼットでも開けないと、毎日の生活空間とは思えないくらい無機質だった。シンプル・アンド・クリーンを目指したんだけどなぁ。

「あなたも落ち着いてないんですよ、現に買い置きのベビースターラーメンが食べたいなぁとさっきからずっと考えているのに、食べこぼしが床にこぼれるのが嫌で踏みきれないじゃないですか。この部屋に招待された人はもっと落ち着きません。シンプルですね、片付いてますねと口では言うかもしれませんが、部屋の異様さに圧倒されています。これまで長く生きてきたのに、私的空間の部屋にさえ痕跡を残さずに、まるで宇宙船から今日初めて地球に降りてきたかのような部屋に何年も暮らしている人間なんて、こわいです。生活感をいくら消しても、生活していることには変わりなく、そして生活がどういうものであるかは人間だれもが知っているので、あなたの部屋のなにも無い空白の部分に、人は多くのものを見るのです。そこに表れている生き方を見て、あなた本人さえも気づいていない、なにか切迫したものを感じるのです」

「人の部屋に遊びに来ただけで、そこまで見るかなぁ。考えすぎじゃない？」

首をかしげて反論しながらも、なんだか不安になってきてもう一度部屋を見渡す。そうかあ、きれいに片付けられる自分にちょっと得意になってたけど、人が遊びに来たら、引くわーって感じなのかな。たしかに敷物もシーツもカーテンも、布類はなにもかもオフホワイトで通したのは、強迫的だったかもしれない。がちゃがちゃした色合いより落ち着くかと思ったんだけど、逆に汚しちゃいけないって緊張しすぎてるかも。

「オーケー。今度とりあえず黄色を部屋に取り入れてみるね。さっき飲んでたお酒みたいな色。レモン色にしよう、あの明るさ、そういえば私も好きだったんだ」

「はい、やってみてください。私も楽しみですよ。部屋と同様にあなたの私服にも、色みを取り入れてください。なぜ好きなものを着られるのに、あなたはプライベートの服さえ、制服のようなレパートリーにしてしまうんですか。いくら上質の肌ざわりが気に入ったからって、無地のTシャツを同じもの三枚も買うのは止してください。人には、洗濯しないで同じのばかり着てる、あの人、って思われてるかもしれませんよ」

「でも下着はカラフルだよ」

今日も私は声の主が言うように、ボタンシャツとコットンパンツという、いつも通りの格好をしていたが、下着は鮮やかな水色のタンガだ。

「下着だけは派手っていうそのこだわりも恐《こわ》いんです、何を目指してるんだこの女は、という感じで。ていうか、下着なんてもう何年もだれにも見せていないでしょう。世の中はいろんな色があふれています。人は楽しむことが好きです、遊園地に行って、アトラクションに乗ってもいないのに、大人も子どもも妙に高揚してくるのは、目に入るものすべてが楽しいからです。同じ毎日をくり返すのに飽きつつあるみなさんを、楽しませてあげてください。奇抜なデザインの服は着なくていいから、せめて色だけは、いま穿《は》いてる下着に負けないくらいの、キレイな差し色を持ってきてください」

「あなたはファッションアドバイザーでもあるんだね。分かったよ、やってみる」

開けていたまぶたが重い。眠気がおとずれている。いくら会話でも、やはり頭の中での自分自身との会話は、退屈で眠気を呼ぶ。じゃ、おやすみとソファから立ち上がろうとすると、あわてて呼び止められた。

「待ってください、まだ終わっていません。あと一つ聞いてください。こっちの方が重要です」

「まだなにかあるの？」

「はい。あなたが語尾にハートマークをつけるようなしゃべり方をすればいいと、私は提案します」

「ハートマーク？」

ピンクの大きなハートが脳内に浮かんで、私は噴き出した。

「それっていったい、どんなしゃべり方よ」

「あなたは人と話すとき、そっけなさすぎるんです。ただでさえ口数が少ないのに、発する言葉も愛想がないから、人はこれ以上話しかけていいのかな、と躊躇《ちゅうちょ》します。かといって、いきなりたくさんしゃべる人間になれといっても無茶《むちゃ》な話ですし、手っ取り早く語尾にハートマークをつけて、少ない言葉にも温かみを持たせるのです」

「ぶりっこして、媚《こび》を売れってこと？　やーだ」

「媚じゃないんです。ぶりっこは妙に甘い言葉を言って、相手をとろかすようにしますが、あなたは日常の言葉を少し甘くするんです。もともとがあまりにも無味乾燥なので、少々甘くした程度ではぶりっこには程遠いです。ちょっと意識するだけでだいぶ変わります。明日から実践してみてはどうでしょう」

「めんどくさそう（♡）」

「そうそう、うまいじゃないですか。いまは心の声だけど、現実世界ではちゃんと声に出して言ってくださいね」

「こんなことで人に好かれたりするかな（♡）」

「すぐに結果は出ないかもしれませんが、徐々に変わってきますよ。初めは慣れないかもしれませんが、控えめにやっていれば、すぐなじみます。男でも女でも、自分に向けられたハートマークはうれしいもんです。自分も返そうと思い始める」

「そうかな（♡）じゃあやってみるよ（♡）もう眠いからおやすみ（♡）」

「歯を磨くのは忘れないでくださいね！」

　翌日から、駅で人とぶつかりそうになったときの「すみません」にも、仕事中の「これお願いします」も友人との電話の「元気？　いまなにしてる？」にも、語尾にひそやかに小さなハートマークのスタンプを押すよう、気をつけてみた。すると一緒に遊びに行った友人に「今日、上機嫌だね」と声をかけられた。あと、いつも私に対する当たりがきつい上司にハードワークを任され、弱音を吐くとき「地味に無理かも（♡）」「限界（♡）」と言ってみたら、いつもより小言が少なく仕事を減らしてもらえた。気味悪がられたからかもしれないが。

　ロフトに行って、目の覚めるようなレモン色のテーブルクロスを買ってきて、部屋で広げたら、ぱっと明るさが増し、食欲が前より旺盛になった。ついでにキャンバス地に赤いラインのトートバッグを買って使ってみたが、差し色というより、いつでもピクニックへ行きたい人のようになってしまった。でも気に入ったのでいまでも使っている。

「いい感じ。アドバイス通りに言葉にちょっと気をつけたり、いつもとはテイストの違うものを買ってみたら、生活が向上したよ。あなたは私自身の理性の声なの？」

「そう思われますか？」

「ううん、私は私だけどもっと別人格の声の気もする。だとすれば、私専用のSiri《シリ》みたいな、人工知能かも。iPhoneに内蔵されてるじゃない、質問すればなんでも答えてくれる機械的な声」

「私はすくなくともSiriに勝ってる自信はありますね」

わりと高飛車な返事が返ってきた。頭の中の住人はどうも、世話焼きでプライドが高い。

それからというもの、日常生活でストレスを抱えたり、罪悪感にさいなまれて独白したくなると、彼に話しかけるようになった。彼は常にめんどくさがらず私の話し相手になり、いつも変わらない、冷静な同じトーンの声で意見を述べる。彼はいつも敬語だ。私が有頂天のときも、大幅に落ち込んでいるときも、軽く子どもをあやすような、男でも女でもない中立的な立場の声で、「さ、時間ですよ」とか「とりあえず今はこれだけはやっておきましょうか」と私をうながす。命令ではなく、うながす。やさしい口調であるだけで、私がどれだけ落ち着くかを熟知しているから、たとえ私がわがままや激情に任せて理性に反する行為を犯しても、その時点からの修正を心がけ、決して責めたりしない。生身の人間は〝だからあのとき、ああ言ったじゃないですか〟と残念そうにしながらも得意げなのを隠せないが、そんな様子はない。

「あなたはどうしてそんなに面倒見が良いの？　私に呆《あき》れないの？　いつか見放したくなるんじゃない？」

「呆れませんよ。あなたのその制御しきれないパワーが、強みになっている部分も多々ありますから。見放せませんよ。だってあなたは私ですから。見放したくても見放せません。いつでも一心同体です」

確かに彼は私自身なのだ、私に投げかけた侮《あなど》りの言葉はそのまま彼にも返ってくる。私の失敗は彼の失敗でもある。

「あなたのこと、Aって呼んでもいい？」

頭の中に彼が棲《す》み始めてしばらくしてから、彼にそう問いかけた。

「Aはａｎｓｗｅｒ のAなんだよ。かっこいいっしょ。気に入った？」

「反対はしませんよ。どうもあなたは自分の思いつきが、ずいぶんしゃれてると思っているみたいですからね」

彼はすぐ返事をしたが、単純な発想だな、もっと私にふさわしい良い名前を考えてくれても良いのに、と思っているのがオーラで伝わってきた。

私は思春期の頃は周囲の目を必要以上に気にする自意識過剰タイプだった。なにかアクションを起こしても、すぐに自分を嘲《あざけ》る声が自分自身から聞こえて、恥ずかしくていたたまれなくて何もできずに縮こまることも多かったが、自己嫌悪で戒めを強めていく自分を気持ち悪いとは思わなかった。むしろストイックに自分を苛《いじ》めるスパルタ教育によって、他の呑気《のんき》な人たちより秀でて一段高いところに行こう、という隠れた打算まで働いていた。

思春期の頃に私を苦しめていた自意識過剰の教育ママの声と比べると、Aの声は穏やかで、ときにさりげなくホットミルクのように甘く温かい。理想の恋人の声だ。それが逆に、ちょっと後ろめたい。モテないあまり、スマホアプリの恋愛ゲームで〝お前じゃなきゃダメなんだ〟〝おれ以上お前を愛している奴《やつ》はいない〟などとメロメロの甘い言葉を声優の良い声で語る理想のイケメン男子を、脳に内蔵してしまったようで。

「ずいぶんな言いようですね」

私の思考を読んだAが傷ついたふうもなく、幾分《いくぶん》呆れた口調でつぶやく。

Aが出現してすぐの頃は、ちょっと精神の病を疑ったこともあったが、Aの声が本当は自分の声だとは分かっているし、多分大丈夫だろう。ごく普通に暮らしている人たちのなかにも、同じ状態の人はたくさんいそうだ。いや、たくさんはいないか。

いつだったか仲の良い、いまでは連絡を取っていない男友達となにげなく話していたとき、〝落ち込んでいるとき、パートナーにどんな風に慰めてもらいたいか〟という話になった。なにか作って食べさせてもらえると元気が出るなぁ、というのが二人の共通意見で、私は「どっさり作って笑顔の明るい雰囲気のまま、たくさん食べさせてもらいたい」と答えた。「いや、それは違うんじゃない？　おれは腹がいっぱいになるかならないかの、ささやかな量を、そっと食卓に置いておいてほしい。作った人はもうその場にいなくてもいい。ただ分かりやすく、明かりの下のダイニングテーブルに自分のために作った料理が置いてあればいいんだ。おれならそうする」と相手は答えた。えーなんか貧乏くさい、と私は返したが、直感で〝この人のほうが上手なぐさめ方を知っている〟と気づいた。きっと私より本当に傷ついたことがあり、また逆の立場になったとき弱っている人への対応を本気で考えたことのある人なのだろう。事実、落ち込んでいるときの人間に対して思いやりの深い人で、さりげない優しさで何度も助けられたことがある。あのとき感じた〝私はデリカシーという点で、この人には一生敵《かな》わない〟という思いは強烈だった。Aにはどこか、あの友人の面影がある。

＊

うちには月一回ほどのペースで、托鉢《たくはつ》の器を持った修行僧が現れる。メラミン製の割れにくい食器を持ち、錫杖《しやくじよう》を振る代わりに呼び鈴を押し、私がマンションのドアを開けるまで背筋の伸びた姿勢で待っている。

「いらっしゃい」

「こんにちは、いつもすみません」

スポーツ刈りの多田《ただ》くんは、うちの玄関前に立っていると、いつも想像以上に背丈があるように見え、威圧感に一瞬たじろぐ。僧侶のようにきりっとした真顔をしてはいるが、実際はただ飯をもらいに来ただけの人だ。今日は灰色の上下スウェットに黒いアディダスのつっかけ。近所に住んでいるとはいえ、うちに来る回数を重ねるごとにラフな格好になってゆく。

「今日は肉じゃがとツナサラダを作ったよ」

「わ、うまそう。ありがとうございます」

「うちで食べてく?」

「いや、それは。ご迷惑は、かけられないので。作ってもらえるだけで十分です、ありがとうございます」

毎回同じやりとりを、私たちは新鮮にくり返す。私は「うちで食べてく?」と訊《き》きながら、ほんとに上がりこんできたらヤだなぁと思っているので、毎度どきどきしながら訊いているし、多田くんも分かってるくせにいつも〝まさか今日も訊かれると思わなかった〟という当惑したリアクションを律義に返してくる。三十代同士なのに、中学生同士の会話と同じくらいぎこちない。

「じゃ、よそってくるね。器貸して」

多田くんの風貌《ふうぼう》に似つかわしくない、紫の花々がプリントされた深皿を受け取ると、彼の体温で指の位置がほの温かくなっていた。いつもは履かないスリッパを履いてる私は、ぱたぱたと小走りで廊下を移動し、廊下沿いにあるキッチンに隠れる。大鍋には四人前くらいの肉じゃが、具は本当に普通で牛のこまぎれにじゃがいも、玉ねぎ、にんじん、糸こんにゃく。女の人に作ってもらいたい料理第一位の常連である肉じゃがだと狙いすぎかな、好意があると思われるかなといままで避けていたが、料理のレパートリーが底をついて作るしかなくなった。

多田くんはきっと私が料理好きで毎日作ってると思っているだろうが、じっさいはほとんど作らない。彼からおずおずと「明後日くらいに、晩ご飯をお世話になってもいいですか」とメールしてきて初めて、重い腰を上げてスーパーへ行く。だから料理の腕は上達してないし、作れる品目も少なくて、贔屓目《ひいきめ》に見ても小学校の給食レベルだ。彼が〝うまいっす！〟と感激しているふうなのは、気を遣ってるのか、それとも本心なのか。

肉じゃがを少し多めに皿に盛ったあと、頭上の戸棚を開けて多田くん用の使い捨てパックを取り出す。私は大体彼に二品分包むが、さすがに厚かましいと思うのか、彼は二つめの食器を持ってこない。だから百均でこれを買い、二品目に使っている。ツナサラダはゆで卵とブロッコリーとレタスが入っていて、自家製の豆腐ごまソースをかけている。実は肉じゃがよりもこっちの方が自信作だ。クックパッドを見て二十分で作った。多田くんの体格だと、ただのグリーンサラダでは物足りないだろうと思って、ボリュームたっぷりにした。サラダの入ったパックを輪ゴムで留めて、肉じゃがと一緒にビニール袋に入れて玄関へ持ってゆく。多田くんの眼球の動きは素直で、すでに食べ物に釘づけになっている。

「どうぞ、これ。おいしかったら、いいんだけど」

「いや、ありがたいな。おいしいに決まってますよ。いただきます」

多田くんはうやうやしく両手を差し出して料理を受け取る。心から喜んでいるというより、自分の言葉から若干距離を置いてるかのような冷静な無表情、でも嘘はついてなくて本心から言っている、のが分かるのが好ましい。彼は一旦《いったん》ドアを開いて外へフェイドアウトして、再び手に袋を持って現れた。

「チョコレートです。会社帰りに百貨店の地下を歩いてたら見つけたんで、良かったら食べてください」

「ありがとう。わ、可愛い。冷やして食べるね」

ブランド名入りの小袋を覗《のぞ》いたら、金色の細いリボンのかかった、名刺入れぐらいのサイズの紺色の箱が見えた。

「××っていうベルギーの会社のチョコらしくて」

多田くんの声が小さくて、言葉が聞き取れず、袋のロゴ名を確認してみたけど筆記体の飾り文字で読めず、あいまいに笑ってうなずいておいた。

「じゃ、ありがとうございます。また来週ぐらいに御社におじゃまするかもしれないので、そのときはよろしく」

礼儀のためかこちらに一瞬視線を向けた彼の、目つきが意外なほど鋭くて、とっさに笑顔が出なかった。多田くんは真剣なときほど目つきが悪い。彼が出て行くとすぐにドアの鍵を閉めて、ドアに耳をつけ、彼の帰っていく足音に耳を澄ませる。急に玄関が広くなって、さびしいのか、ほっとしているのか自分でもよく分からない。

*

翌日の会社での昼休みに、多田くんには申し訳ないが、昨日起こったことを先輩のノゾミさんに細かく報告した。

「え、終わり？　多田も不憫《ふびん》ね。まーた今回もメシだけの門前払いかあ」

昼ドラ的展開を期待しているのか、ノゾミさんはがっかりした様子で畳の上で横座りしたまま、後ろの壁にもたれかかった。〝営業の多田さんと家が近所だったみたいで、商店街でばったり会ってからというもの、私の家までときどき夕飯をもらいに来るんですよ〟と昼食の話題に出したところ、ノゾミさんは並々ならぬ興味を示して、私たちの関係が恋愛に発展したかどうかを逐一訊いてくる。

「一応〝うちで食べる？〟とは訊いてるんですよ。でもいつも固辞されるから」

「もっと熱心に誘ってみたら？　腕つかんで、ぐいぐい引っ張る感じで」

「そこまでして家に上げたくないですよ。正直、話すこともないし。いつも急いで帰るから、見たいテレビでもあるんじゃないかな」

「素っ気ないね。さびしいでしょ、みつ子ちゃん」

「まさか。逆に帰ってくれると、いつもほっとしてますよ」

「でもあいつの分まで料理作ってあげるなんて、好意がなきゃできないでしょ」

「普段は料理を作らずに済ませちゃう日が多いから、多田さんが来るのが良いきっかけになって料理作ろうって思えるのが、いいんです」

がんばって考えながらしゃべるけど、自分の言葉ながら言い訳くさい。

多田くんはうちの会社の取引先の営業マンだ。私は彼と直接仕事をしたことはないが、彼がうちの会社に来るときは担当者と一緒に同席するので、彼とは社内で何度も顔を合わせている。一年前に転職していまの会社に移った彼は現在の会社では自分はまだ新入社員と名乗り、私と同い年なのに仕事上の関係をひきずり、いまでも敬語で話している。小さな会社同士なのでおたがいの会社の社員の顔はほとんど知ってるし、正直うちの女子社員は彼以外の会社の男性も含めて恋愛対象はいないかと常に探しているけど、多田くんの名前はまったくあがらない。理由はなんとなく分かる。出世しなそう、というノゾミさんの評が端的に表している。どこかぼさっとして、図体《ずうたい》が大きいわりに子どもっぽいところがある。不愛想だから、よく知らない人にはこわいと思われているかもしれない。私は彼の悪意の影もない純朴な瞳が、警戒心を持つ必要もなくて気安いから、嫌いではない。

「へんな関係の二人。ま、じれったいけど引き続きウォッチしていくか」

ノゾミさんはそれ以上深く突っ込んでこず、軽く多田くんの話を切り上げた。ときどきからかってくるけど、彼女なりにいつまで経っても恋愛に積極的じゃない私を心配してくれてるのかもしれない。

「にしても、肉じゃがとツナサラダなんておいしそうだね。多田がうらやましいよ。さっき弁当食べたばかりだけど、また食べたくなってきちゃった」

「今度作って持ってきましょうか」

「ありがと。でもいいや、味は落ちるかもしれないけど、てきとーに自分で作って食べるわ」

ノゾミさんはいつも野放図《のほうず》にしゃべってるように見えるが、私の手間になりそうな頼みごとはしない。きっと私にかぎらず、普段から人のお世話、迷惑にならないよう気を配っているのだろう。

「レシピをメールで送りましょうか。クックパッドだけど」

「あ、それ助かる」

ノゾミさんがへにゃ、と微笑《ほほえ》む。笑顔が左右対称じゃなくて、ちょっと歪《ゆが》んで左の口角の方が右より高く上がるのが、皮肉っぽく見えて損をしている。でもどんな人だって子どもの頃はノゾミさんみたいにぎこちなく笑っていたはずだ。営業用のスマイルを成長過程で覚えて、ただの愛想笑いに媚を上乗せするのもうまくなって大人になる。私もいつの間にか習得して、いまでは顔に張りついて離れない。ノゾミさんの完成されていない笑顔の方が、見ていて心が和む。

ノゾミさんの魅力は、実に正直なところ。料理で言えば、山奥のさびれた店のメニューにある山菜そば。冷たく締まった細いそばの上に、昨日採れたばかりの新鮮な山菜が載っかっている。蕨《わらび》はぷるぷるとめずらしい触感、ふきはシャキシャキと歯ざわりが良い。ただし七味唐辛子は多め、ちょっとかけすぎ。汁は田舎くさい黒さで醬油《しょうゆ》の配分多し。味の薄い熱い緑茶が合う。

なのに会社の男性たちは新しく入荷される、ナムコ・ナンジャタウンのスイーツフェアに並びそうな〝ひんやり夏ジュレフルーツパフェ〟や〝ベリーベリーぷるるんゼリー〟またはイオンのフードコートに入ってる店のメニューにありそうな〝鉄板じゅうじゅう焼き肉《ひ》〟や〝目玉焼きのせデミグラスソースハンバーグ〟みたいな女の子たちにばかり魅かれ、しょっちゅう彼女たちの噂《うわさ》をしている。

注目の的の彼女たちはいま、同じ休憩室で七人くらいで輪になって、ネイルのデザインの話をしたりしつつ、ときどき頭上のテレビを見上げながら昼食を食べている。テレビは常にNHKを流している。もうすぐ全員が食べ終わって、連れだってお手洗いに行き、歯を磨いたりメイクを直したりするだろう。華やかなグループだけど、食事中は会話も途切れがちで、音声をほとんど聞き取れないほど小さくしぼったテレビを度々眺める彼女たちの輪は、窮屈そうだ。彼女たちからすれば、畳部屋のはしっこでいつもなにやら二人きりで話しながら、化粧っけもなく、何年も会社に勤め続けている私とノゾミさんは、新人の悪口を言ってそうなお局《つぼね》社員に見えるだろう。じっさいは毒にも薬にもならない、くだらないことばかり話している。

「そういえば、ノゾミさんの方はどうなんですか。カーターとは、なにか進展ありました?」

カーターの名前を出しただけで、ノゾミさんは相好《そうごう》をくずし、うれしくてたまらない表情になる。

「そうそう、今朝の会議であの人、最高におもしろかった。始まりからずっと眠そうなのがばればれだったんだけど、自分の意見を言う番がやってくると、急に仕事モードに切り替わって、いやに滑舌よく話し始めたの。眠気に負けるオレではない、って感じで、すごく芝居がかってた」

ノゾミさんの執心している片桐直貴《かたぎりなおき》はだれが見ても真性のイケメンで、遠くから歩いてきても顔立ちの良さが分かる。うちの会社に私より一年あとで入社してきたときは、女性社員たちが色めきたったものだった。片桐さん、ノゾミさんがカーターと呼ぶ彼は、ジャニーズ系の幼く甘い顔立ちというよりは、端正な彫りの深いギリシャ彫刻の横顔のようで、昔風の美男子というか、濃く凛々《りり》しい眉毛に青みがかった白目、大きく黒い意志的な瞳、しっかりした鼻梁《びりょう》、厚くないが肉感的な唇で、三島由紀夫が克明に描写したがりそうな外見をしている。身長も一八〇センチくらいあり、私より入社時期は遅いが年上だった。

彼が廊下の真ん中を堂々と広い歩幅で歩く姿は全女子社員をうっとりさせたものだが、一年半ぐらいが経過する頃にはみんな意地でも彼なんか見ないという状況になっていた。彼の女遊びが過ぎて泣かされた女性社員たちが悪評を広めたから、ではない。あまりに個性的過ぎる彼の性格が、社内じゅうに広まったからだ。

私はカーターとは部署が違うのもあって、仕事上では何度かやり取りはしたけど、私的な会話を交わしたのは一度だけ。休憩時間に自動販売機でジュースを買ったら、お手洗いから出てきた彼が歩いてきたので会釈した。そしたら彼は私をまじまじと見

つめて、

「黒田《くろだ》さんはもっと目に力を入れて表を歩いた方がいい」

初めて話しかけられた言葉がそれだったので、反応に困った。

「へ？　目ヂカラってことですか」

「うん。黒田さんって、会社でいつも、たった今自分の部屋から出てきたみたいな顔してるよ。ボンヤリしてる。もっと顔に気合を入れないと」

カーターは私に見本を示すかのように、ぐっと目に力を入れて眉と目の間の幅を狭めた。めちゃくちゃかっこ良かったけど、自分でもそれが分かっているのがなんとなく伝わってきて、もやっとした。自分のかっこいい顔を見せびらかしたいだけなんじゃないの、とも思えた。リラックスして働けてるってことなんだから、べつに今のままでいいだろ、と反論したくなったが笑顔で「気をつけます」と答えた。

男の人に面と向かって〝間抜け面《づら》で外に出るな〟と同じ意味のことを言われたのはショックで、ジュースを飲んだあと、お手洗いの鏡の前で、顎《あご》を引いて目を見開いて真剣そうな表情を作ったりした。私はもともと目が離れているので、顔に気合を入れてもあまり緊迫感は出なかった。

「会議でカーター、一生懸命しゃべってた。でも自分の意見がやんわり却下されて通らないって分かった途端、また居眠りを始めちゃって。ふて寝、ってやつ？　大人で仕事場でホントにやる奴いるんだって感じで、会議室の全員が呆れてもうカーターの方を見ないようにしてた。私以外は。あの人が目を閉じてたから寝顔見放題でうれしかった！」

「社会人として最低の態度じゃないですか。どうしてそんな現場を目の当たりにして嫌いにならないんですか」容姿がカッコイイからですか。

「カッコイイから、というのはもちろんある。でも彼のうまく注目されなかったら機嫌を損ねて寝たふりをする幼児性に魅力を感じちゃう。うまく言えないんだけど、脳みその一番太い芯がファァーって甘くゆるんで、リラックスできる脳波が流れるの。不思議よね」

「ただの、アバタもえくぼ状態ですよ」

どうやら私がカーターの短所だと感じる点を、ノゾミさんは全部彼の長所だと感じるみたいだ。

内面がばれる以前から、彼のファッションセンスは不吉だった。週に一度のカジュアル・デーに彼とすれ違った社員たちは息をのんだ。うちの会社の服装規定が甘いのをいいことに、悪趣味なけばけばしい色合いのスカーフを巻いたり、カマキリかと思うくらい派手な緑色のシャツを着たり、どこに売ってるのと不思議になるような、妙に先のとがった魔女っぽい革靴を履いてきたりする。一見すれば普通のスーツを着てきたことがあり、片桐にしては地味だと皆思っていたら、実は裏地が七色のレインボー柄で、彼は得意げに両腕を広げ、モモンガのポーズで裏地を自慢した。あれ売れたとき店員うれしかっただろうねと、あとで社内の人たちと話した。

社内運動会のときには、五月半ばなのに薄いセーターを着てきた。セーターは地が茶色で全面にスパンコールやメタリックな刺繡糸《ししゆういと》で雄々しいタイガーがデザインされていて、妙に高そうだったが、大阪のおばちゃんという印象しか、みんなには与えなかった。見てはいけないものを見てしまった、と大方の人間が目をそらすなか、ノゾミさんだけが彼を褒めそやした。「今日の片桐くん、気合十分だね！　神々しささえ、感じるわ。虎で勝つって意味でしょ？　阪神ファン？」

彼の凜々しい顔と、毒々しい服装のちぐはぐさにはある意味感心する。あんなに美しい顔をしているのに、内面の美的センスは少しも育ってない。外面と内面って一切関係が無いのだ。そりゃそうだ、骨格も目鼻立ちも赤ん坊のときから決まっていたんだもの。人間って不公平だ。

彼の内面が彼の顔立ち寄りで、生まれつき整っていれば良かったものの、残念ながらファッション寄りで、おそろしく目立ちたがり屋でわがままだった。まだ巧妙な性格の悪さがあれば、男性社員には嫌われても外見を利用して出世できたかもしれないが、妙にエキセントリックで絡みづらいし、肝心の仕事もいまいちなので、昇進を逃している。よく言えば飾らない、自分を偽らない素直な男といえるのかもしれない。一度上司にきつく叱られればちょっとはマシになるかもしれないが、彼の妙に自信満々な態度と凜々しい風采に、上司もあまりうまく言いたいことが言えない状況だ。

「カーターの私生活って想像もつかないですね。私服は通勤用よりもっと派手で悪趣味なのかな」

「ミステリアスだよね。あ〜、結婚しないでほしいなぁ」

社内で多分唯一彼のファンとして生き残っているノゾミさんは、彼に時々話しかけて絡むのを心の清涼剤にして生きている。周りの冷たい目もなんのその、孫に目がないおばあちゃんのようにカーターを甘やかしているが、当の彼本人は自分はちやほやされて当然と思っているので、ノゾミさんの特別の好意には気づいていないようだ。

昼休みが終わり仕事が始まっても、カーターの私服への想像がふくらみ続けた。

＊

多田くんと偶然に商店街で出会ったのは去年の冬だった。スーパーで夕飯の材料を買ったあと、自転車を引きながら両側に商店の立ち並ぶ通りをゆっくり歩いていたら、人気のコロッケ屋さんの行列に並んでいた。

「あ、多田さんじゃないですか。いつもお世話になっています」

黒いダウンコートに首をうずめるようにして立ち、ニット帽をかぶっていた多田くんは、スーツを着てうちの会社の待合室へやってくるときの潑剌《はつらつ》とした様子とは全然違って、顔色が悪く寒そうだった。

「黒田さん！　こんなところで会うなんて。この辺《あた》りに住んでるんですか」

多田くんの驚いた声に、列に並んでいる他の人がちらっと私たちの方を見た。

「はい、ここから自転車で五分くらいのとこに住んでます」

「おれもそうですよ。へえ、めずらしいな。会社関連の人で、こんなローカルな駅に住んでるのはおれだけだと思ってました」

家の場所をくわしく聞いたら、私とは商店街を挟んで反対側のエリアに住んでいると分かった。つまり商店街をまっすぐ通り抜ければ、お互いの家に着く。コロッケの順番が回ってきた多田くんは、私に「ちょっと待っててください」と声をかけると、手慣れた様子でいくつか注文を始めた。コロッケが揚がるまでの間、私たちは立ち話した。

「ここのコロッケっておいしいんですか？」

「食べたことないんですか？　すごくおいしいですよ、定番のポテトコロッケはもちろん、でっかくて平たいメンチカツも。そっか、黒田さんて自炊派だから商店街近くても、惣菜とか買わないんですね」

自転車のカゴに入っている、ふくらんだスーパーの袋に視線を遣《や》って多田くんは一人納得したが、じっさいは料理なんてほとんどしないし、自炊派というより外食派だった。その日にとてもひさしぶりにスーパーで野菜やら肉を買ったのは、外に食べに行くにも寒くてめんどくさすぎるから、鳥鍋を多めに作って食いつなぎ、冬休みの間できるだけうちに引きこもろうと計画したせいだ。多田くんの勘違いを訂正はせず、黙ってにっこりしておいた。彼とは直接の仕事のやりとりはないが、打ち合わせには同席するのでコーヒーやお茶を出したり注いだりする応対は毎度私が担当している。私に対して気のきくマメそうな人のイメージがあるなら、せっかくだから壊したくない。

「まあ、おいしいんだけど、さすがに〝野村のコロッケ〟も飽きたなぁ」

多田くんがぼそっとつぶやいた。目の前の店の黄色い屋根には〝野村のコロッケ〟と看板がかかっていた。

「そんなにしょっちゅう食べてるんですか」

「週三で食べるのを、入社してここへ越してからずっと続けてます。晩メシのこと考えるのってめんどくさくて、気づいたらここで買ってます。あ、野村さんのコロッケはずっと変わらず、ほんとおいしいんですけどね」

激しく油のはじける音の向こうにいる店主に、私たちの会話が聞こえてるとは思えないが、多田くんはあわててフォローをいれた。

「ほかの日はコンビニ飯か弁当屋かな。たまに食材買っても腐らしちゃって、逆にもったいないんです。スーパーの野菜や肉って、一人暮らしだとなかなか使いきれないから」

「外食もおいしいですけど、そりゃ飽きますね。身体にも良くなさそう。お米くらいは炊かないんですか？」

「炊飯器は買ったんですけど、使ったことないんですよ。今日の黒田さんの晩ご飯はどんな感じなんですか」

「たいしたことないですよ。鴨鍋《かもなべ》と豆ごはんです」

鍋の内容をレベルアップさせ、豆すら買ってないのに虚飾のもう一品を付け加えた。

「えーっ、いいなぁ。そんなおいしそうな飯、ここ数年食ったことないですよ。レストランとかで外食するよりも、手作りの家庭的な飯がひさしぶりに食いたいです」

「良かったらいつかうちに食べに来てくださいよ。近所なんだし」

なんであのとき、あんなことを言ったのか。ウソの献立を褒められて調子に乗ってしまったのか、家庭料理に飢えた多田くんがあまりに素直にうらやましがるので、同情したのか。

「いや、そんなあつかましいことはできないですけど、とにかくうらやましいですよ」

多田くんは驚いた顔つきになり、そりゃそうだよね、と私は発してしまった言葉を後悔した。

コロッケが出来上がると、多田くんは揚げたてのポテトコロッケとメンチカツを、袋を余計に一つもらって私に分けてくれた。

「どうぞ、食べてみてください。なんとかウォーカーって雑誌に載ったこともあるみたいです。けっこうハマりますよ」

「ありがとう、うれしいです。惣菜は好きなんだけど、いつも店の前は通るけど、混んでるから並んだことはなかったんです。食べるの楽しみです」

「食ったらどうだったか、感想をください」

多田くんがジーンズのポケットからスマホを取り出して、私はメールアドレスを教えた。

それから何回かメールをするうちに〝もう野村のコロッケではしのげません。ずうずうしくて申し訳ないのですが、今度晩ご飯を作られたとき、余ったものでいいのでいくらかいただけませんか〟というメールが彼から来て、了承した。作れる料理のなかで一番自信のある牛すね肉のシチューと温野菜のつけあわせを用意して、家も片づけて待っていたら、やって来た多田くんが、玄関先に立って、一歩も部屋には踏みこまず、空の皿だけを私に託してきた。料理のお礼に、と彼がくれたのは、緑のかごに入ったフルーツ屋さんのぶどうだった。それからは来るときには必ず、料理のお礼に可愛らしいものをくれる。

＊

会社からうちへ帰り、冷蔵庫で冷やしておいた多田くんからのチョコレートの箱を開ける。細長い化粧箱に四粒入ったチョコは、絞り出した生クリームの形をした、中にオレンジリキュールの入ったチョコと、アーモンドが練り込まれた、いがいがした形のチョコ、ベリー味の真っ赤なひし形のチョコに、ドーム型に細い斜めの線の入ったミルクチョコ。同封された薄い半透明の紙にチョコの名前と詳しい説明が書いてある。きっと上等なチョコなのだろう。まず最初に生クリーム絞りの形のチョコをつまむと、口に入れて目をつむって味わう。しびれるほど甘いのに喉を焼くほどにねっとりしているのではなく、口溶けが良く、甘酸っぱいオレンジのお酒が舌を熱くする。チョコがなくなったあとも、カカオとオレンジの芳醇《ほうじゅん》な風味が鼻孔まで広がる。〝チョコ、とてもおいしいです〟とさっそく多田くんにメールを打ちながら、今日のお昼のノゾミさんの言葉を思い出す。

まーた今回もメシだけの門前払いかあ。

多田くんも同じことを思っていたらどうしよう。私がその気もないのに儀礼的に家で食べるよう誘っているだけだと、彼は気づいているだろうけど、お互いそれくらいの距離感の方が過ごしやすいと思っていた。でも彼は彼なりに次のステップに進みたがってるんだろうか。もしそうだったら、一緒にお食事へ行きませんか、とチョコじゃなくてデートをお礼にするんじゃないだろうか。

「ねえ、Aはどう思う？　多田くんの気持ち」

「私には分かりませんね。本人に直接訊いてみたらどうですか？　〝私たちの関係って、どんな関係なの？〟って」

「訊けるわけないじゃない、〝は？〟って反応が返ってくるだけだよ」

Aは私が現実世界で他人と話しているときは、めったに出てこない。だから会社ではAの出る幕はほとんどない。彼と私が話すのは、たいてい私が一人きりのときだ。

「まあそうでしょうけど、訊くのが一番早いですよ。あっちも訊きたいかもしれないし。たしかに一カ月に一回か二回のペースで一緒にご飯食べるでもなく、料理のおすそ分けだけしてる男女の関係なんて、ノゾミさんでなくても不思議に思いますよ。本人たちが納得してるならまだ分かるけど、両方ともぎこちないんだから」

「とはいっても、いつもと違う行動をして、何かが決定的に変わってしまうのがこわいんだ。こっちがしつこく誘ったあげく〝彼女が他の女の人の家に入ると怒るタイプなんで〟とか言われるのもこわいし、多田くんの気持ちを訊いて、彼がほんとに純粋に晩ご飯目当てってだけでうちに来てると判明するのもこわいし」

「気持ちは分かりますよ。あなたは多田さんのことが好きだから」

「私やっぱりあの人のこと好きなの？」

　情けない声が出た。やっぱ、そうじゃないかな、と薄々気づきかけたときもあったが、〝好きになる理由なんて無いし〟と否定してきた。じっさい、きっかけはなにも無い。優しさにときめいた瞬間も、心惹かれる外見の特徴も、気が合うと感じた楽しい会話も。ただプライベートでちょくちょく会う異性は彼しかいない、というだけだ。

「学生の頃、クラスのモテない男子が、同じクラスの女子にちょっと話しかけてもらっただけで好きになってたりしたけど、あんな感じなのかな」

「まあ、始まりはどうでもいいじゃないですか。大切なのはいま芽生えている〝好き〟って気持ちです」

「うわ、照れる。待って待って、あんまり大げさに言わないで。〝好き〟なんてまだしっくりこないよ。〝ちょっと大切な存在〟くらいかな」

　女らしさも母性本能もおそらく普通の女の人よりだいぶ低いはずの私が、托鉢に来る多田くんをうざったく思わないのは、やっぱり心のどこかで彼の訪問を待ちわびているからだった。ご飯をあげたあとに彼がメールで、私の料理を一品一品褒めてくれるのがうれしいからだった。もう三十歳も超えて三十五歳が近づいてきているのに、こんなささやかな喜びだけで満足している場合ではないと分かっている。多田くんの存在に満足しているせいで、べつの男性を探す意欲が湧いてないのも問題だ。同い年の子たちは、月一回の晩ご飯どころか、旦那や子どもの分までご飯を作ってあげているのだから。

一方で、私の人生ぽくて、しっくりくるなぁとも思う。なじみのゆっくりしたペースで進む毎日のなか、長く引きのばした青春をいつまでもうっすら夢心地で楽しんでいたい。

＊

おひとりさま難易度が高いとされる一人焼き肉は、邪道だけどランチで制した。制服に匂いがつかないように、平日の休みがもらえた日に行った。昼間の焼き肉屋の客は周辺で働いている会社員が多く、メニュー表で仕切ってあるだけの大テーブルに通されると、隣のサラリーマン二人組は私をちょっと見たが、べつに気にした様子はなかった。おひとりさまの同志は店内に二人もいて、どちらの女の人も私と同じように、そっと気配を消して、眼鏡をかけて質素な服で、目の前のミニ焼き網で肉をひっくり返していた。この店についてのネットサイトのレビューで評判の良かったハラミ定食を頼むと、ずっとうつむいていても暇なので、勇気を出して店内を見渡す。地下のこの店の内装の基本色はブラック、焼き肉の煙を吸い取るための大型ダクトが天井からいくつもぶら下がり、天井の配管は剝《む》き出しだ。夜に来れば「さあ食うぞ」とやる気がわくかもしれないが、昼に訪れると間違えて夜営業しかしないクラブやバーに来てしまったような荒《すさ》んだ雰囲気がした。この空間にいると、外は太陽の日差しが降り注ぐ昼だとは想像できない。

「はい、ハラミ定食」

赤く美味《おい》しそうなハラミが六枚とナムル、ごまソースのかかったミニサラダ、飲み放題のポットに入った冷たいお茶、大きめの茶碗《ちゃわん》に山盛りのご飯。山形産の牛肉に期待大。トングで一枚ずつ焼いて食べると、肉のほのかな甘みと薄い脂の風味が舌の上に乗り、ご飯とナムルが進んだ。美味しい。千円以内で食べられるランチとは思えない。二枚目を焼いていると、隣のサラリーマンたちの会話が耳に入ってくる。

「しかし、なんでおれが役職下ろされなきゃいけねーんだろうな」

「なんでだったんですか？　聞いちゃマズいかなと思ってたんスけど」

「私怨《しえん》だよ、上司の。がんばってたのに腹立つわー、なんでおれなんだよ」

年も近そうだし同僚同士だと思った二人組は、実は微妙に上司と部下であるらしく、片方だけが敬語を使っている。

「あんまりむしゃくしゃして給料パチンコに突っ込んでやった。三十万くらい負けたけど」

「三十万も負けたんスか⁈　金あるんスね」

「まあ勝つときもあるから。この前は同じ金額くらい勝ったんだよ。いや、もうちょっと少なかったかな」

「パチンコなんておれ行く余裕ないスよ、いまの給料だと」

「へえ、お前はどれくらいもらってるわけ？」

二人の声が小さくなり、具体的な金額は聞こえない。肉が熱くてハフハフしながら食べる。あいかわらず美味しいが隣の会話に気をとられる。おひとりさまあるあるだが、話し相手がいないためどうしても周りの人たちの会話が耳に入ってきて、特に聞きたくないのに全部聞いたうえ、その人たちの人間関係を想像してしまう。会社つながりで上下関係のある男の人たちは、部下にあたる人がたいがい痛々しいほど上司に気を遣い、上司とされる人はこちらが赤面するほど威張っている。女同士ではなかなか見られない、あからさまな主従関係に、まるきり他人な上にひとりきりの私は会話を盗み聞きしてどきどきしている。彼らは大体声が大きいので、半ば強制的に会話は耳から脳へ伝達される。

「……そっか。まあ、おれも君と同じくらいのポジションにいたときは同じくらいの額だったよ。これから上がるっしょ」

「そうなんですかね。でも苦しいっスよ、同い年の他の会社に勤めてる奴らはもっとたくさんもらってるし。日々節約してなんとかやっていけるっていうか」

後輩の声が焼き肉パワーも虚しく本当に暗いトーンになって、よっぽど給料が低いことに悩んでるみたいだ。が、先輩の方は気づいてない。

「おれはこの前同棲《どうせい》中の彼女にブランドもののバッグ買ってやったよ」

「へえ！　女一人養えるなんてすごいスね」

「なんていうブランドだったかな、確かセリーヌだっけ、ウン十万円もするんだよ、欲しがってたから買ってやった」

「いいスね、おれは女と一緒に暮らすなんていまの給料じゃできないなぁ」

先輩は高価なバッグを買ってやったことを自慢したいのに、後輩は女と同棲していることをうらやましがっているから、微妙に会話の焦点はずれていたが、それでも二人は景気の良い話に活気を取り戻していた。女同士の会話だとすれば、片方が自分のなにか足りないところを思い出して落ち込んでいる場合、もう片方は「あんまり悩みすぎないで。十分がんばってるよ」と元気づけるか、「じつは私もこれこれこういうことが足りてなくて悩んでる」と似たような悩みを打ち明けることで、相手の傷を癒やす。相手が落ち込んでいるときに自分の自慢話を上乗せすれば、「そうだね、よかったね。それに比べ私は……」と相手は余計落ち込んでしまうからだ。

でも男の人は暗くなりそうな話題になると、とにかく明るい景気の良い話題をしぼり出してきて雰囲気変えて忘れちゃうってことがある。男女カップルだと、「私が悩みを話してるのに、すぐ話題変えて全然真剣に考えてくれてない」って女の子の方が怒りだしたりしちゃうが、男同士だと案外スムーズに成り立つ。

主にお金の話をしていた男性二人組は仕事の時間を気にしてか、食べ終わると慌《あわ》ただしく席を立った。ほかの客たちも昼休みの長さは大体同じくらいなのか、あっという間に店内は片付き、残っているのは老夫婦と私を含め、おひとりさまの女たちだけ。静かになった店内で、最後の肉を噛みしめる。焼き肉ランチがほかのランチより豪華に感じるのは、肉を焼く行為が食べるなかに盛り込まれているからだろう。店側が焼いた肉を提供されても、ラクだけどあっという間に食べ終わってしまって逆に味気ない。きれいな網の上で肉をひっくり返し、自分好みの焼き加減で焼く、この儀式の過程が気持ちを盛り上げる。

焼き肉屋から家に帰ると、なんだかホッとした。ひとりカフェ、ひとりファミリーレストランならなんの気負いもなく簡単に入れるし、快適に過ごせるが、焼き肉屋はテリトリー外だった分、思っていたより緊張していたみたいだ。とはいえランチだったからか、おひとりさま難易度は想像よりも低かった。

「〝おひとりさま〟って明らかな接待用語だよね」

「どういう意味ですか」

ソファでくつろぎながら、Aに話しかける。Aは場所も時間も問わず、話しかけたらすぐに出てきてくれる、便利な存在だ。

「海外から来たパブの子たちがお客に使うっていう〝ネエ、シャチョサ～ン〟と同じだよ。あと古いけど〝よっ、大統領！〟とか。お金を引っ張るためにどんな人であろうが位を持ち上げて良い気分にさせたいんだよ。最近だと女子とは言えない年齢の人たちの集まりを〝女子会〟って呼ぶのも同じ。集まってもらって外食産業にお金落とさせて、経済を回したいんだよ。〝おひとりさま〟や〝女子〟みたいな耳に心地良い言葉を並べてファッション雑誌やらグルメ本やらを売りたいだけ。自分たちの利益のために勝手に持ち上げてくる人たちは商売のためだから、まあいいんだけど、問題は接待用語を真に受けちゃって自称しちゃってる人たちだよね。たとえば平社員の人たちは間違っても自分たちの飲みの集まりを〝社長会〟とは自称しないよね。一定の恥じらいはある。でも〝女子〟や〝おひとりさま〟は結構堂々と自称する人いるよね、あれはみっともないよ。まあ、私なんだけどね」

「あなたは自分のこと〝おひとりさま〟って呼びますもんね」

「うん。女一人という、ともすればみすぼらしくなりがちな状況でも〝自分はおひとりさまだ〟って自称すると、背すじが伸びるというか、堂々と品良くいられる気がするんだよね。さすがに〝女子〟は自称しないけど」

「いいんじゃないですか、脳内で自分をどう呼ぼうと。誰にも迷惑かけない」

「うん。いいよね。一つの言葉だけで、自分を鼓舞できるなら」

そんな風に思ってるくせに、私は〝独身貴族〟を自称する年配の独身男性たちはあんまり好きじゃない。むだにプライドが高い気がして。同族嫌悪ってやつだ。

「次の週の休みは、どんなおひとりさまをするんですか」

「最難関のひとりディズニーをクリアできたらかっこいいけど、そこまでの勇気はまだないなぁ」

家族や恋人同士、友達など誰かと一緒に楽しむのが大前提になっている夢の国は、基本一人では参加しにくいレジャー部門のなかでもひときわ難易度が高い。大体ディズニーランド側も家族でディズニー、大人の友達同士でディズニー、などはＣＭで宣伝を打っているが、さすがに「ひとりでディズニー」は謳《うた》ってない。一人で来ればチケット代がちょっと安くなる！とかも無いし、色んな層に我がランドを楽しんでもらいたいはずのディズニー側でさえも「一人ではちょっと……」と躊躇する思いがあるのだろう。アトラクションにはシングルライダーサービスがあり、一人で乗る客は余った席に通してもらえて、長蛇の列に並ばなくて済んだりするが、それもなんだかひっそりと開催しているというか、むやみに宣伝したりはしない。同じアトラクションに乗るのだから当たり前だが、一般列とシングル列は同じ場所になり、「一人っきりでアトラクション乗っちゃう人ってどんな人？」と長い待ち時間に飽きた家族連れや友達同士やカップルの遠慮ない視線が注がれて痛いかも。

いっそディズニーマニアか浦安市民のふりをして、年間パスポートを所持するほど足繁《あししげ》く通っていて、ディズニーランドは私の庭だ、くらいの気持ちでランド内を駆けずり回っている偽装を働こうかとも思うが、たぶん挙動やルックスでばれる。いかにも濃いユーザーや通い慣れている人は最新グッズで身を固めていたり、ランド内を熟知した動きを見せたり、一人なのをまったく恥ずかしがらずにまるで任務をこなしている最中かのように黙々とアトラクションに乗り込んだりと、「この人素人《しろうと》じゃないな」というオーラを醸《かも》し出している。私はまだ生まれてから二回しか行ったことがないし、パンフレットを見ないとランド内を移動できないし、なにより積極的に夢の国で夢見心地になろう、ミッキー死ぬほど好き、という前向きなパッションが発散されていないから、誰もがはしゃいでいるあの国では逆に目立ってしまうだろう。〝おひとりさま〟より〝ぼっち〟感が強く出て、パレード観覧の陣取りのときすら、警戒されて周りに人がいなくなるだろう。

「想像するだけで緊張する場所に、わざわざ一人で行くこともないでしょう。多田さんを誘ってみたらどうですか」

「二十代の女の子でもないのに、付き合ってもいない男の人をディズニーなんか誘えないよ、恥ずかしくって。あーあ、子どもでもいたらまた行きやすくなるのかなぁ」

カップルでもこの年じゃなかなか行きにくい場所だと思うと、存在は遠くなり、ますますキラキラと輝いて、つい肝試しの気分で一人で行ってみたくなる。

「多田くんの存在は大切だよ。でも前みたいに派手に失敗したらと思うとすごく怖い」

一番新しい恋の、忌《い》まわしい記憶が甦《よみがえ》ってきて、思わず呻《うめ》いた。Aも気まずそうに、かける言葉もなく押し黙っている。

「あんな思いするくらいなら、いまの生活の方が百万倍極楽だよ」

「あれは私のアドバイスが不適切だったために起こった過失ですから、あなたは気にしなくていいと思いますよ。私が至らなかったせいで……すみません」

「いいの、気にしないで。私もノリノリだったんだし、うん、それにいままでは良い経験だったと思ってるよ、あの出来事がなければ私の恋愛遍歴はほとんどなにもない、砂漠状態だったんだから。ある意味潤ったよ。涙でだけど」

遼《りょう》先生とのことを持ち出すと、Aは途端にしおらしく自信をなくす。へまをやらかしたのがよっぽどショックみたいで、あの出来事以来しばらく、私が話しかけても、しーんとして答えなかったくらいだ。

「恋愛に対してトラウマを作ってしまったのは申し訳ないですが、遼の野郎と多田さんは、また全然別の異性ですよ。アタックかけてもいいんじゃないでしょうか」

「Aがそう言うなら、やってみようかな」

促されて、乗り気になっている自分がいる。押しの強い言葉に弱いのだ。全部自分自身の脳内会話だということも忘れそうになる。

＊

私もAもトラウマになった恋は二年前、盆休みに実家で過ごした日までさかのぼる。妹夫婦とはこちらが微妙に日をずらして里帰りをしようとしても、気がつけばいつも同じ時期になる。親としても同じ時期に娘たちが帰ってくれれば家事も楽だし、まあ当たり前といえば当たり前なのだけど、その日も私は勝手に肩身の狭い思いをしていた。妹夫婦と二人の子ども、じいじとばあばと化した両親の六人が動物園に行ってしまうと、古い日本家屋の実家は急にがらんとして、畳の上で旧式の扇風機が首を振りながら回る音だけが居間に響いた。一緒についていった方が良かったと思うほどの急激な静けさに、さっきまで追いかけっこをしていた幼い姪甥《めいおい》の面影が残像になって甦った。

他人《ひと》の子どもはちょっと見ない間にびっくりするほど成長している。でも子どもはまだ良い、そういうものだと分かっているから。問題は妹の方で、二十七歳になる彼女はもうすっかりお母さんの顔つき、私のなかでは妹は永遠に年下の存在で、つい最近まで女子大生だった彼女がもうすぐ三十歳になるなんて、どうしても信じられなかった。

時は正しく着実に過ぎている。普通、実家に帰れば日々の喧騒《けんそう》も忘れて昔にタイムスリップした気持ちになれそうなものだけど、「ドラゴンボール」に出てくる精神と時の部屋のごとく、時間が音もなく過ぎ去ってゆく悠久のときを奏でる我が一人暮らしの部屋に比べたら、実家の方がよっぽど〝現在〟にフィットしていた。

「はー、どうすっかな。帰ろうかな」

つぶやいてみるが、本当に帰る気はない。両親も妹夫婦もとても優しく私を歓迎してくれる。子どもたちでさえ〝みつ子お姉ちゃん〟といささか気を遣いすぎな呼び名で私を呼んで慕ってくれる。予定日を早めて帰るなんて出来るわけない。テレビを点けると高校野球を放映していて、坊主頭の精悍《せいかん》な青年たちが真剣な面持ちでボールを見つめていた。カッと日の照りつける球場はとんでもなく暑そうで、プレイしている側も応援している側も異様なテンションを保ち続けないと、逆にぶっ倒れてしまいそうに見えた。太陽を撥《は》ね返す勢いの高校球児たち、応援団、チアガールが眩《まぶ》しい。

畳の上に寝転び、ちょっと汗ばむくらいの室温で画面を見続けていると眠くなってきて、うとうとと寝ては起き、寝ては起きをくり返していると、寝汗で背中にTシャツが張りつき、鈍い頭痛が起こった。

ああ、つまんない。私の人生はつまんない。つまんなさが深刻に身体の奥に染みこんでくるのを阻止するために寝転んだまま上半身をひねったり、腰から下の脚を全部宙に浮かしてみたりしたが、すぐ疲れて脚はまた畳の上に戻ってきた。

恋がしたいな。恋人でもいたらな。

「では作りましょう。あなたもいい加減に、もうそろそろ、誰かとお付き合いしてもいいのではないですか」

話しかけてないのにAが話しかけてくるなんて、めずらしい。髪に変なくせがついたまま起き上がってAの声に耳をすます。

「何年恋を休んでますか、どころの話じゃないでしょう、あなたの場合は。めったに無い揺さぶりが、帰省によってようやくやって来たんだから、この感情のウェーブに乗りましょうよ。一応、あせって当然の年齢ですよ」

「妄想はらくちんだけど、現実はしんどいんだよね。好きになれる相手もいないし」

「あなたはいっぱい恋してますよ、気づいてないだけです。さっきの日焼けした高校球児にも見とれてたじゃないですか。ほら、9番の背の大きいあの子ですよ。目元が涼しくて、肌が浅黒くて」

「冗談やめてよ、相手は高校生だよ？　それにテレビの中の人だし」

「そんなすぐに言い切らないで、ちょっといろいろ関心持ってくださいよ。あ、ほら、テレビ見てください」

　視線だけテレビの画面へ移すと、電動歯ブラシのＣＭが流れていて、清潔感と頼れる、の二大イメージをどうにか守れてはいるが、何年か前に彼が不倫現場を撮られたことを私はまだ忘れてない俳優が、何本自前の歯が残ってるのか分からない、人工的なきれいな歯並びで微笑んでいた。

「その俳優じゃなくて、ほら、この人です、この人」

　テレビ画面にはなんとなくうさんくさい、本当にＣＭだけのために即席に用意したような、うすっぺらでクリーンな歯医者が、妙に上品な持ち方で電動歯ブラシを持ってこちらへ勧めていた。

「カノウミチルさん？　この歯医者がどうかしたの」

「歯医者さん、いいと思いませんか？　私は忘れてませんよ、先週の金曜日に出会ったあの優しげな歯医者さん。いいのではないですか、彼は。優しい治療、気弱そうな微笑みだけど決然とした診断、すごくいい感じの人だったな。まだ若いのに院長で、評判もいいのか待合室には患者が椅子に座りきれないほどひしめき合っていましたね。

ああいう人、お付き合いするにはちょうど良いんじゃないでしょうか」

おもわず笑ってしまった。歯医者の先生、もちろん覚えている。Aは治療中はなにも言わなかったくせに、しっかりチェックしてたんだ。

「知らなかった。Aの男の趣味って、あんなだったんだ」

「私の趣味ではありません。私はあなたにああいう人をおすすめしたいんです。彼が独身なら、容姿、職業ともに申し分ない。アプローチしてみてはどうですか」

歯医者の顔を思い出そうとしたけど、なにしろ顔半分が薄いグリーンのマスクで覆われていたため、ほとんど印象がない。たしかに感じの良い人だったが、きっと誰にも感じが良いんだろうと思っただけで、個人的な胸のふるえは何一つなかった。

「もっと深く思い出してください。あなたはたしかに彼に好感を抱いてました」

彼が院長を務める「スマイル歯科」はどんな町にもある小さな医院で、痛みのない治療を目指していると医院のHPに謳っていたのが気に入り、住んでいるマンションの近所だし歯石取りに行ってみた。清潔でこぢんまりした待合室で十分ばかり待ったあと診察室に通されて、彼に診察してもらった。謳い文句通り、丁寧に診察する先生の指使いはソフトで、唇を無理に開いたり歯を乱暴に器具でこすったりすることなく、ゆっくりと優しかった。

「右の奥から二番目の歯が少し黒ずんでいます。初期の虫歯ですね。何回か治療が必要なので、今日はとりあえず歯石取りだけしましょうね」

マスク越しの彼の声は穏やかで私の身体を安堵で包み込み、なぜかホッとリラックスできた……。

「いや、あれは虫歯の治療をせずに済んだからホッとしただけでしょ」

「まだ好きになってないからこそ、うまくいくこともあるんですよ。あなたは相手に惚《ほ》れてしまうと、いつもより余計に臆病になって動けなくなったり、意識してぎこちなくなったり、相手の気持ちを考えないで突っ走ったりするでしょう。もしうまくいかなくても傷は浅くて済むんじゃないですか？　まだ好きじゃないんだから。ともかくも次の診察のときには、あの人を一度そういう目で見てみましょう。親しくなるきっかけを作る瞬間は私が合図しますから、ご安心ください」

「ご安心くださいって言ったってね、相手にも気持ちがあるんだよ、A。あの先生はもちろん私をただの患者の一人としてしか見てないし、たとえ合コンで出会ったとしても私なんて相手にされない」

「どうして人気の市場に参戦しないのですか！　性格とか経済力とか外見とか、良いものは良いのに、あなたは変なプライドがじゃましして、異性を好きになるきっかけがねじれすぎてる」

「図星だから言い訳できないけど、でも歯医者って。私の人生に接点無さすぎ」

「歯がある限り、接点はありますよ。とにかく来週の火曜日、できるだけおしゃれして歯医者さんに行ってくださいね」

やる気のAに押されて、ふだんならノーメイクで目の下のクマさえ隠さず、部屋着より少しだけマシな服を着て歯医者に行っていたけど、次の診察日には、丈が太ももの真ん中までずり上がりそうなワンピースを着て出かけた。診察台に寝そべったときに、ちょいと太ももが見えるよう、Aが細心の注意を払って丈にこだわった。いつもなら下にスキニーデニムを穿かないと絶対着なかった、私の私服のなかでももっとも女の子らしい、ノースリーブの小花柄のワンピース。足元は残念ながら可愛いのが一つもなかったのでぺたんこのサンダル、しかし足の爪にはつつじ色のマニキュアを塗った。髪まで巻いた。私のふだんの格好を知ってる会社の人が見たら、なにかの仮装かと思うだろう。Aは私に歯磨きを三回と歯間ブラシを二回させて、鏡の前で歯を剝《む》き、念入りに一本一本チェックしたあと、唇にグロスを塗った。

しかし私は普通に診察されただけで、治療は滞りなく完了し、Aからの指示もいっさい無かった。ワンピースから出た太ももにも、寝そべると即座にブランケットがかぶせられた。経過を見るためにまた一週間後来てくださいと先生が言い、私はこの経過を見るための最後の診察をさぼることが多いのだが、Aは来たいだろうと思い、誠意を込めてハイと答えた。

先生は治療を終えるといそがしそうにすぐ次の患者さんに移り、歯間掃除や歯磨きの説明は女性の歯科衛生士さんにバトンタッチされ、あっという間に待合室でお会計を待つだけになった。

「なんも起きなくて残念だったね、A。せっかくのワンピースだったのに」

「ここからですよ。今日は視覚的に揺さぶりをかけておいたので、あなたの姿は先生の意識に深く沈殿して、次週からは態度も変わるでしょう」

先生の意識に沈殿するとしたら、一生懸命診察していた私の歯並びの方じゃないかなと思いながら名前を呼ばれて受付に行ったら、受付の人が申し訳なさそうな顔をしている。

「すみません黒田さん、保険証ってまだお返ししてないですよね？」

「え？　ああ、ハイ」

診察前の受付で、前回忘れた保険証をコピーしてもらってる間に診察室から名前を呼ばれたので、まだ返してもらってなかった。

「本当に申し訳ないんですが、コピーを取ったあと、保険証がどこを探しても見つからなくて……。本当にすみませんが、見つかり次第ご連絡しますので、本日は診察券だけお返ししてもよろしいですか？」

「大丈夫ですよ。見つかったら連絡ください」

心配だなぁ、保険証って身分証明証にもなりうるし、だれかが盗《と》った悪意ある紛失で、勝手に使われたりしたら嫌だなぁ、と思いながら医院を出ると、Aが嬉々《きき》として話しかけてきた。

「チャンスがきましたね！　これを機に、ただの患者から脱出しましょう！」

「えーどうやって」

「きっとうまくいきます。私にすべて任せて、あなたは何もしないで」

私を乗っ取りそうな勢いのAとはその夜、長い時間をかけての作戦会議が始まり、本日の先生の魅力を熱に浮かされたように語り続けるので、次第に私もあの先生良いんじゃないかと思うようになった。

「第一顔がカッコ良かったです。心配してたんですよ、マスクを取った顔の下半分があり得ないほどの馬面だったらどうしようって。やわらかい髭《ひげ》がまばらに生えてて、すてきでしたね」

先生は治療後、私の歯の状態について説明するとき、途中からマスクを外したのだった。思ったより年がいってるな、が私の感想だった。

「ステータスとか、外見とか、Aの好みってやっぱりミーハーだね」

「知り合って間もないのに、性格なんかまだ分かるわけないでしょう。きっかけはまず、得やすい視覚情報ですよ。相手を知りつくしてからしか好きになれないなんて、新しい出会いが死ぬほど転がってるならまだしも、ガラパゴスのなかで暮らすあなたには難しすぎます。奇跡が起こるのを待つより、ときに軽薄に見えても、チャンスは自分の意志で動いて、作り出してゆくんです」

翌日、歯科医院から電話がかかってきて、取ろうとしたらAに鋭く呼びかけられた。

「取ってはいけません。無視です。その次も無視」

「どうして？　きっと保険証についてでしょう」

「だからですよ。いま電話を取れば、見つかったにしても、見つからなかったにしても、電話で話が済んでしまいます。このごたごたにあの先生を巻き込むためには、じっさいの診察までタメる必要があります」

「えー、一週間も放置するの？」

どうにもばつの悪い思いでかかってくる電話を度々無視していたら、歯科医院から留守電にメッセージが残っていた。やっぱり保険証は見つからなかったので、申し訳ないがお時間のあるときにお話しさせてください、とのこと。

「見つからないほうが都合が良いから良かった」

かつて保険証を紛失されてこれほど前向きにとらえた人間がいただろうか。Aはウキウキで返事の指示をしてくる。いそがしくて電話取れずすみません。見つからないとは、困りましたね。次の診察のときにじっくりお話聞きたいです。

「かわいそうに、受付の方は一週間ずっと気が重いだろうね」

「会ったときにこれ以上ない優しさで朗らかに接すればいいんです」

チェックしてほしいとAに頼まれて歯科医院のホームページにアクセスし、医師の名前も調べ、リンク先のブログに書かれている三年分の記事のほとんどを読んだ。中《なか》畑《はた》遼。茨城県出身。

さらには、フェイスブックもつきとめた。歯科医院内で美人の受付や助手に囲まれてる写真はいっぱい載せてるのに、どの記事を読んでも妻帯者かどうかは一向につかめないその内容を、Aは熱心に読み込んだ。ワイン講習会、ゴルフ、学会、海外出張と、まあ事実なのかもしれないが、華やかな部分ばかり抜き出した、私にはどこか嫌《いや》味《み》と感じる内容にも、Aは幻滅しなかった。Aは彼の写真の画像で、顔つきや服装をつくづくと眺めてチェックしていた。

　プロフィールの生年月日から年を計算すると、

「えっ、四十七歳⁈　これ別の人のフェイスブックなんじゃないの」

「合ってますよ。だってフルネームも写真の画像も先生そのものじゃないですか」

「この年なら結婚してるでしょ。逆にしてないとなにか理由がありそうだし」

「でもブログには家庭の影はまったく無いですけどね。まあ、公にしてるものだから、プライベートな記事は書いてないだけかもしれませんが。正直私も遼先生はもっと若いと思っていました。いってて四十一くらいかな、と。でもいいじゃないですか、見た目は若いんだし、年の差がこれだけ離れていると、あなたの三十歳という年齢もいい方へ作用する可能性アリです」

　あまりの意気込みぶりに、私はAが遼先生に本気で恋しているのかとも思ったが、脳から伝わってくるAの熱は、恋心というよりむしろ闘志だった。

　診療日、平身低頭で謝る受付さんに予定通り温和に接しつつ、ひょっこり診察室から顔を出した先生が一緒に謝ったとき、私はAの指示通り女らしい奥ゆかしい笑顔を見せて、気にしてないと小さく手を振った。

　治療を終えていつも通り次の患者の診察へ移ろうと先生が丸椅子から腰を上げよう

とすると、Aは自然に呼びとめて、医院のホームページにURLが貼ってあった、先生のブログを見たと話を切り出した。受付が保険証を失《な》くした負い目があるのか、先生はAの話に付き合い、最近ワインに凝り始めたというAに、ワインの美味しいレストランまで紹介してくれた。私は当事者なのに、Aと先生の会話をただ聞いていることしかできなかった。

「よかったら一緒にそのレストランへ行きませんか？」

Aのあからさまな誘いに、先生の瞳の温度がすっと下がった。色々下心に勘づかれたようだ。この人、やっぱり女の人に言い寄られるのに慣れてる。私は慄《おのの》いたが、Aはおかまいなしのへっちゃらなままで微笑んでいる。

「楽しみにしてます、黒田さん」

レストランに着てゆく服がない、とAがクローゼットを眺めながら嘆くので、休日に買い物へ行った。百貨店の入ったこともないセクシー系のブランドのショップで買い物したときは、私もテンションが上がった。今回での発見だが、慎重派だと思っていたAは実は大胆不敵でほとんど向こう見ずと言ってもいいほどの性格だった。金遣いも荒くて、ハイブランドの黒のハイヒールを値段も見ずにレジに持っていった。

「私は決めるときには決めたい。それだけです」

結局、タイトスカートとハイヒールを買った。生まれて初めて買った黒いハイヒールは家の鏡の前で履いてみると、実用性ゼロの分さすがに見栄えは良く、広げた新聞紙の上を背筋を伸ばして何度も行き来した。

「Aの描くイイ女像って、若干バブル期のギャルみたいだね」


静かな闘志をみなぎらせて、この日のために買ってきた身体のラインにそう白いシャツとぴったりした黒いスカートに身を包んだ。

これですべてが決まる、とAが異様な決意を固めて向かったレストランで、先生はなんとも主旨《しゆし》の分かりにくい、込み入った回りくどい誘いをかけてきた。大好きなワインを飲みながら先生の語るところには、君みたいな素敵な人が患者でうれしいし、ぜひこれからも交流したい、しかしながら自分は患者とは特別な付き合いをしないと決めていて、そこが難しい、とのことだった。Aが若干イライラしながらも、柔和な笑顔で話を促すと、先生は酔いに浮かされた顔でとにかくたくさんしゃべったが、要約すると、患者に手を出したと周囲にばれたくないから、これからは表立っては会えないし、だから君を彼女にはできないが今日は二人で泊まるためにホテルは取ってある、とのことだった。デートのとき片方がどれだけ意気込んでオシャレしても、もう片方が身体目的でやってきた場合、どちらもとんでもなく間抜けになることを、この日私は初めて知った。あからさますぎる筋の部分は、海老《えび》の背わたのように、おいしい肉にきつく包まれて巧妙に隠してあったが、どれだけ細くてもその黒い筋に気づかないほどAは馬鹿ではなかった。もちろん私もだ。

先生は柔らかい物腰でワインの銘柄について教えてくれるものの、ほかの会話に関してはのれんに腕押しの感が否《いな》めない。特に気になったのはほとんど他人同士なのに遼先生は私のプライベートについてはなにも訊いてこなくて、気がつけばこちらばかり質問していて、晒《さら》し過ぎないよう加減して返ってくる用心深い返答にリアクションしていたら、次が続かなくなった。Aは気づいてないふりをして快活さを維持するが、唇の端の微笑はだんだん形骸化してゆく。

手を重ねてもらうのを期待しているのか、しきりに白いテーブルクロスの上からこちらへ手を伸ばしてきて、身ぶり手ぶりで大げさに話を展開する先生からは、これほどずさんなやり方でも何度か成功してきた人間の醸し出す、余裕のオーラがあった。私がAをかわいいなと思ったのは、途中のトイレでトンズラするでもなく、またちゃんと席に戻り、レストランを出た先生が大胆になり、むかつくくらい積極的にホテルに誘い出したときも、辛抱して笑顔で言葉に最大限気をつけて断ったところだ。ワインを飲み過ぎたのか肩の揺れている先生は、最初会ったときとはだいぶ違うずいぶん子どもっぽい態度で、ほんのり怒りながら帰っていった。

しらじらとした明かりの蛍光灯が照らす、白いエレベーターに乗ったAは、少々のアルコールなどまったく影響していないくらいの素面《しらふ》で現実を受け止めていて、まったくしゃべらないので、大丈夫かと心配になった。

「あんまり思いつめないでさ、騙《だま》されて深い関係にならなかっただけで良しとしようよ」

Aは言葉を発さずに、脳内に直接、無事に家に帰るためにいまは話しかけないでくれと返してきた。気を張りつめたまま電車に乗って家に着き、鍵を開けて一人暮らしの家のドアの内側に入り込んだとたん、Aは、

「このまま消えて無くなってしまいたい」

「ちょっと、A。あなたもとから私の脳にいるんだから、消えたいもなにも始めから存在が無いでしょう」

「よっぽど魅力が無かったんでしょうか。最善を尽くしたのですが」

「やめてよ、私がへこむじゃない」

Aは落ち込んでいるが、私は遼先生は私の魅力うんぬんの前に、なんらかの事情が

あったと思う。家庭持ちだったり、女の人との真剣な交際に興味が無かったり。彼の背景や性格をまったく知らないので、可能性は星の数ほど考えられる。当たり前だ、先生はただ歯の治療という一点だけでつながっている他人だった。

あんまり接点のない異性を見定めて〝これだ〟と突っ走るのは、きっと恋愛経験が少ない女性の特徴だろう。Aは私より積極的で人間関係の駆け引きも上手《うま》いが、やっぱり私の経験を基にして考えを組み立てているので、自然とモテナイ発想になってしまう。

「Aはすごいよ、なにはともあれ一目惚れした相手と一回でもデートできたんだから。私なら〝いいなあ〟と思っても間違いなく発展させられなかった」

「ありがとう。でも慰めはけっこうですよ。私は見る目がなかった。やっぱり性格って大事ですね」

あの一件のあと、Aはしばらくの間、本当になにを語りかけても答えなくなった。ちょっといい加減立ち直ってよ、意見をちょうだいよと話しかけても、無視するか、私の意見なんて聞いてもあなたの人生がおかしくなるだけですよ、とか。私はご意見番失格だから、などと、じめじめした独り言をつぶやくばかりで、失恋はこうも人間を自信喪失させるものなのかと私に実感させた。

せめて次のデートの誘いの電話くらいあるはず、とAが心の底で願っていたのを察知していたが、先生から一切の連絡がないのも、Aをだいぶ落ち込ませた。そんなに気になるならこちらから連絡してみればと水を向けても、Aは頑として先生に連絡せず、連絡先まで消してしまった。

＊

いそがしいおひとりさまとして、休日にはなんやかんやと予定を入れてきたが、今日はぽっかりと空いた。十一時過ぎまで眠って、朝昼兼用のとろろうどんを食べると午後一時。雑然とした部屋を眺めわたし、掃除しなきゃなと重い腰を上げた。昔は家事が退屈で、なんの意味も見出《みいだ》せなかった。掃除しても、洗濯しても、すぐ成果は消えて、またくり返し。仕事みたいにやった分だけ昇進したり、給料が上がったりのステップアップはなくて、どれだけ力を入れて打ち込んでも結果は地味。自分ひとりが住んでいる部屋をぴかぴかにしたって、だれも褒めてくれない、気を抜くとすぐにまた汚れていく。

片付いた自分の部屋でイライラせずに一日過ごせるってぜいたくだよなぁ、と気づいたのは国内の一人旅でホテルに泊まったときだ。一泊何千円や何万円の環境をお金を出して払うとき、家賃の存在も同時に思い出す。長く借りてるホテルだと思えば、自分だけのために掃除に時間を割いて、トイレの便器とか丁寧に磨きあげるのって、なんてぜいたくなんだろうと気づく。料理だって自分のためだけに栄養のある食材を買ってきて手間を惜しまず、一晩で無くなってしまう儚《はかな》きものを作るのは、なんて余裕があってぜいたくなんだろう。こちらのぜいたくは、私はあまり嗜《たしな》まないが。

「ねえA、住まいに時間やお金をかけるのがぜいたくと思うなんて、年を取ったってことかな。昔は服とか時計とか、旅行にお金をかけるのが一番好きだったはずだけどね」

「そうでもないですよ。日常、というものの価値に気づくのが少し遅かっただけです」

Aの声も、何もない休日は、若干眠そうにゆるんでいる。

手っ取り早くリビングを掃除してしまえば、すっきりした空間ですぐ過ごせるが、見えるところだけ一時的にきれいにしても、部屋はすぐにまた散らかってしまう。地道な、しかし根本的な清掃が大事だ。片付けにもレベルがあり、優先順位の高いレベル1は、皿洗いや洗濯物たたみなど、散らかっているものをとりあえず片付ける作業だ。レベル1の作業が終わってないのに、もしくは同時進行で、〝思い出のものを整理〟や〝着ない服の処分〟などレベル3や4の片付けを始めてしまうと、部屋は余計散らかってしまう。順序立ててコツコツと、いきなり理想通りのぴかぴか状態に持っていこうと欲張らないのが、片付けのコツだ。今日はまずは〝洗う〟から。

汚れものを洗濯かごから洗濯槽へ移し、洗剤と柔軟剤と消臭代わりの漂白剤を入れてスイッチを押す。洗濯機のふたを閉め忘れて、ｏｎのスイッチを押したら、いつもより水音がはっきり浴室に響いた。寄せては返す、小さな渦をつくる跳ねた水音が波のようで、しばらくそのまま聞いていたら、急に海に行きたくなった。ひとり海水浴は真夏だと難易度の高さはうなぎのぼりだけど、今のような中途半端な季節だと、散歩として気楽に訪れられる。あんまりさびしい海に一人きりだと攫《さら》われるのが怖いので、多少水質は劣っても電車で一時間で行ける近くの海が良い。春の海、きれいな響きだけど、多分とても冷えるだろう。よっぽどお日様がうっとりするほどふり注ぐお昼、「久方のひかりのどけき春の日にしづ心なく花のちるらむ」くらい暖かいと、「春の海ひねもすのたりのたりかな」という感じで気持ち良くなれそうだ。なぜだろう、ひかりのどけきと聞くたび、ちょっと邪魔そうにされて、その場をどいてしまう、ひかりさんを想像する。

洗濯の次は皿洗い。ゴム手袋をつけて、高温のお湯でスポンジ洗いのため泡のついた食器を一斉にすすいでゆく。

「一人で暮らしているのに、よくこんなに溜められるなと思うよ」

洗っても洗っても、使用済みの食器はシンクの奥から掘り出せる。

「働きながらの家事は、どうしても溜まりますよ」

Aのなぐさめにうなずきながら、もし家族ができたら今以上に食器を洗わなくてはならないのかとゆううつになった。世のお母さんたちは一体どうやって、仕事に家事に育児に、その時間を捻出しているのだろう。生活は必ず回していかなければならないものだから、自然に仕事や自分の時間が削られるのだろうか。いやむしろ、仕事は自分の時間に含まれてしまうんだろうか。

月火水木金、と現在、一週間のほとんどの時間を仕事に費やしている身としては、仕事がなくなることが想像できなかった。はっきり言って、がんばってきたんだから、簡単にはやめたくなかった。もし多田くんと結婚できたとして、彼から自分は働くから君は休んでくれ、と言われても、きっと私は喜べない。

皿洗いが終わり、いよいよ部屋の掃除だ。細かい場所まできれいにするために、使う用具を順番に小さくしてゆく。掃除機、ぞうきん、歯ブラシ、綿棒。歯ブラシあたりで腰が痛くなり、綿棒になると気が狂いそうになるが、黒い汚れをかき出す爽快感も悪いものではない。

掃除を終えて、できあがった洗濯物を干すころには、そろそろ夕飯について考えなくちゃいけない時間になっていた。つまらない。私はもっと休みたかった。好きなことをやりたかった。日暮れまえにつのった軽い不満。ベランダの風に吹かれて、頭を少し乗り出して、下の道路を覗く。買い物帰りっぽいおばさんと、公園にも行かず道路のはじっこで遊ぶ子ども、トラックをバックさせている運送屋の運転手さん。どの人の顔も私と同じ、くつろいでるけど、おもしろくもなさそうな顔をしているような気がした。

夕飯を買いに自転車で近くの商店街に行くと、多田くんが野村のコロッケのまえでコロッケの揚がるのを待っていた。すごい偶然だ、と思いそうになるが、多田くんのコロッケを食べている頻度を考えると、そうめずらしい光景でもないのかもしれない、と思い直した。ベルを鳴らしてから近くで自転車を停《と》めると、決まりの悪そうな顔をした。

多田くんは下はジーンズ、上は黒いジャージで、季節はずれのニットキャップをかぶっていて、身体が大きいのもあって言っちゃ悪いが、派出所前に貼られている指名手配犯に似てる。

「これから夕飯の材料の買い出しなんだ。もしよかったら、今日のご飯、おすそ分けしようか？　もうコロッケ買ったから、足りてるかな？」

「いえ、まだほかの店で惣菜を買うつもりだったから、頼んだ数は多くないし、助かります。いいんですか？」

「いいですよ。私はいまから材料を買って、それから作るから、時間がかかるかも。たぶん六時くらいになるけど、いいですか？」

「もちろんです。ありがたいな、偶然ここに立ってて、こんなことになるとは。いったん家に帰って、出来上がるころにおじゃましてもいいですか？」

「うん、大丈夫ですよ。ちょうどよかったですね、ばったり会えて」

言いながら新しい考えが浮かんできた。うちは本日掃除したてで、だれか呼んでも差し支えない。そのうち誘おう、と思っていた〝そのうち〟とは今日のことではないだろうか。

「よかったら今日はうちで食べていきませんか？　そしたら汁物も作れるし」

多田くんがうつむいて首の後ろを掻《か》いた。

「じゃ、お言葉に甘えて、おじゃまさせてもらいます」

「オッケー。じゃあ私は材料買うので、悪いけど商店街のどこかで待ってもらえますか？　終わったら連絡するので、一緒にうちまで行きましょう」

「あ、おれいったん帰ります。そんで六時ごろうかがってもいいですか？」

「分かった、六時までにはできそうだから、大丈夫です。遠慮しないで、今日部屋も掃除したし、ひさびさに人が呼べそうな状態なんで」

言うつもりのなかった内部事情までつい白状してしまった。まったく予想しないことに私に声をかけられて嫌だったかもしれない、と思うと、こっちもあわててしまい、一度降りた自転車にまたがった。

またあとで、と自転車を走らせる。スーパーは休日の夕方らしく混んでいて、レジには長い行列ができて、時間がかかりそうで焦る。自分用のご飯と人にも食べさせられるご飯は微妙に違う。手抜きで加えるつもりのなかった細かい食材を頭で足してゆく。桜えびと玉ねぎといんげん、菜の花も忘れずに調達しないと。なんだか急にいそがしくなった。

六時にはできそうなんて見栄《みえ》を張ったけど、じっさいの私の料理スピードはのろく、なんでもちゃっちゃとすぐに作る料理上手には遠く及ばない。でもベランダで感じたつまらなさは消えている。だんだん今日はこういう日だったんだと実感がわいてくる。掃除の日じゃなくて、お客さんの来る日。

献立は急いでいてもなんとか見た目良く作れそうな、鶏肉のグリルに、ピクルス、たまねぎ、ゆで卵とマヨネーズで作ったタルタルソースをかけたのと、かき揚げ、かにかまを割いて和《あ》えた春雨サラダ、小松菜のスープに決めた。桜えびと菜の花のかき揚げを揚げているときに多田くんがやって来た。

「来ちゃいました、どうぞよろしくお願いします」

「こちらこそ、せまい家だけど上がってください」

「おじゃまします」

いったん玄関の外に隠れた多田くんが、濃いピンク色と白の花のついた小さな植木鉢を持って再び現れた。

「これ、いったん家に戻る途中に花屋に寄って買ってきたんですけど、もし良かったら」

「わ、きれい。ありがとう」

今までこまごましたものは彼からもらってきたが、お菓子がほとんどだったので、受け取りながらも内心びっくりした。

「やっぱり生きてるものは、メイワクでしたかね。花束の方が良かったかな」

「いえ、私も育てている植物があるから、一緒に世話します」

そうか、本当は花束を買おうと店に入ったものの、照れて鉢にしたんだ、と思い当たると微笑ましくなった。

「どうぞ中へ入って」

「いいんスか。じゃあおじゃまさせてもらいます。あ、その前に乗って来たバイクの駐車位置を変えてきていいですか。マンションの玄関前に停めてきちゃったから」

「どうぞ。お客様用駐輪場はエントランスの右横の、住居者用駐輪場のスペースの一画にあるから」

「りょうかいです」

植木鉢を受け取り、急ぎ気味に出てゆく多田くんの後ろ姿を見送る。花はピンク、白とも小ぶりな可愛い五つの花弁を広げていて、小学校の花壇とかで育てられてそうな品種だ。よく見ているのに名前を知らない。土に刺さっている苗札を見ると〝ペチュニア〟と書いてあった。

「こんな可憐《かれん》な花の鉢をくれる人が、少なくとも私に好意を持って欲しくないとは思ってないよね、A？」

「いろんな男性がいるので、それはどうだか分かりませんけどね。でも〝うちで食べていったら〟って言われたときの多田さんは、明らかにうれしそうでしたよ」

私の高まる心拍数とは逆に、Aの声はいたって普通だ。

多田くんはラガーシャツを着て、指名手配犯からスポーツカジュアルの男に変身し、髪をワックスで少し立てていた。

男の人のこの髪形を見ると、いつも「ドラゴンボール」のスーパーサイヤ人を思い出す。なかなか女からは出てこない発想だ。女の人でもショートカットはいるけど、毛先を固めて立てようとは思わないだろう。男の人は、髪の毛が逆立っているのが戦闘態勢でびしっとキメてかっこいい、と遺伝子レベルで組み込まれているのかもしれない。

べつに髪の毛を立ててきたからって、多田くんが戦闘態勢に入ってるとは思わないけどね。ファッションだし。と、お玉で鍋のスープをかき混ぜつつ、笑顔で「まだ作ってる途中なんだ。中へどうぞ」と言いつつ、頭の中で誰が聴いてるわけでもないのにわざわざ訂正した。おじゃまします、と玄関に入ってきた彼が、思いのほか大きくて、いままで感じたこともなかったけど、初めてうちは天井が低いと思った。興味深そうに部屋を眺めている多田くんは、当たり前だけどうちにある家具の何倍もの存在感で部屋の空気を圧縮し、エネルギーを放っている。

　多田くんと二人の夜、私の作った夕食をとりながら、お互いしょっちゅう通っている商店街の話になった。

「あそこのクリーニング屋、茶色い犬を飼ってたでしょう」

「そうだ、たしかに犬がいました。茶色い毛並みのトイプードルが思ったよりデカく成長した、みたいな犬でしたよね。最近見かけないな」

「いつもいたでしょ、だから気になって店主に聞いてみたら、去年あたりに亡くなったんだって。けっこう年のいってた犬で、老衰だったって」

「そうだったんですね。ざんねんだな、おれもあの犬はよく覚えてますよ。クリーニング屋の店内でよく犬を飼うな、って驚愕《きょうがく》でした。商店街ならではのユルさだな、と思ってました」

「たしかにありえないよね、せっかくクリーニングしたのに犬の毛がつくだろうっていう。私はあそこ利用してるけど」

「うん、老夫婦がやってて、同じように年のいった顧客のおかげでなりたってる店ですね。おれはいつも前を通り過ぎているだけだったなぁ。おとなしい犬だったけど、そうか、もうおじいちゃん犬だったんですね」

「でね、店主があの犬がいつも座ってた場所に、お客さん用の丸太の椅子を置くようになったんだけど、それがときどきあの犬に見えるの。はっとして二度見すると、ただの椅子なんだけどね。犬の霊が宿った丸太椅子、って私は呼んでるんだけど、ほんとまぎらわしいの。あれ、犬⁈ってもう何度思ったか分からない。色も大きさも佇《たたず》まいも似てるの」

「まぎらわしい物を置いときたいんじゃないですか、店主も。いなくなって、さびしいんですよ」

「そうかもね。お客として利用するとき、なんかあの椅子には座れないなぁ」

私の顔を多田くんがつくづくと眺める。

「なに？」

「いや、家での黒田さんはのびのびしてるなって思って。黒田さんって、会社では存在を消してますよね」

私以外の人がいるのが見慣れない私の家で、ナイフで切った鶏肉をフォークで口に運びながら彼が言ったのはこんな言葉だった。

「応接室でニコニコしてるときは、愛想はいいけどあんまり温度がないっていうか。

すごく丁寧だけど、こんなに親しみやすい人だとは思わなかった」

「ううん、その感想は間違ってないよ。たしかに私は本当は殊勝な女なんかじゃない。来客のお茶出しなんか、仕事のなかでも一番嫌いで、女だからって給仕させられるっていつの時代の話、早く終われって思いながら笑顔を向けてるもん」

「うわ、こえー。でもそうですよね、営業の応対なんて、普通の業務もあるなかでだるいですよね」

「だるいっていうか、女だからやらされてるってのがなんだかね。まぁ力仕事とか男の人にやってもらってるのに自分のときだけ言うのもおかしいと思って、顔には出さないようにしてる。あとほとんど同い年なんだし、ここは仕事場じゃないんだし、敬語やめてちょうだいよ。私はこんなに馴《な》れ馴れしいタメ口なのに」

「え、いいんスか？　あ、これも敬語か。すぐは難しいかもしれないけど、じゃあ直すように努力してゆく、よ」

ぎこちなくタメ口になった彼に笑顔がこぼれる。敬語禁止令を出した途端口数が少なくなった多田くんは、素直でいいな、と思った。

帰り際、リビングの天井照明が若干チカチカしているのを多田くんに指摘され、私が背が届かなくて換えられない、と言うと、新しいのに取り換えてくれると言い、椅子の上に立って天井の照明のシェードを外しにかかった。腕に力を込めている彼の椅子が動かないように、手で押さえた。

「これ、いったん洗った方がいいよ」

と、内側でたくさん羽虫の死んでいた、埃《ほこり》っぽいシェードを受け取ったとき、恥ずかしさで頭がスパークした。不潔にしてるわけじゃないのよ、シェードの中がここまで汚いと気づかなかっただけで……と心の中で言い訳しながら、掃除してすぐの部屋に埃が落ちないように気を付けながら洗面所まで行き、お湯でシェードを洗う。

洗って拭いたシェードをがちっとはめると、

「これで完了」

と満足げに言った多田くんが椅子から降りた。そのとき、靴下の裏が見えた。

「なんかが右足の裏についてる」

「へ？」

多田くんが右足を持ち上げる。白くて四角いシールがこびりついていた。

「あ、はがし忘れだ。今日初めて履いたんで、この靴下」

あわててシールをめくると、彼はごみ箱に入れてこようと差し出した私の手ではなく、シールをくしゃくしゃに丸めて、ジーンズのポケットにつっこんだ。わざわざ新品の靴下をおろしてうちに来てくれるなんて、掃除しておいてよかった。

電気を点けると、いつもよりもずっと部屋が明るく、暖色系の蛍光灯を買っていたので、部屋の雰囲気も良く見えた。

「じゃあ、おれはこれでそろそろ帰る」

「うん、もし良かったらまた食べに来てね」

「ありがとうございます、じゃないや、ありがとう。あの、帰る前に一個だけ聞きたかったんだけど、なんで天ぷらがテレビの前に飾ってあるの」

言われて初めて、多田くんが来る前にはしまうつもりだった模造の天ぷらが、出しっぱなしになっていることに気づいた。Aにはいたずらに食欲を刺激されないためにもキッチンの棚にでもしまっておけと言われた天ぷらの食品サンプルを、私は結局、部屋の一番目立つところに飾って悦に入っていた。しかしそれも最初だけで、いつしか部屋の風景になじみすぎて、あるのにも気づかないくらい当たり前の存在になっていた。あわてて透明のパックに入ったままの、うっすら埃をかぶった天ぷらを両手に抱える。

「変なの見られちゃった。これはね、見て分かると思うけど、食品サンプルの天ぷらなの。ニセモノ。けっこう上手くできたのがうれしくて、飾ってたんだけどたしかに異様だよね」

「それ、ニセモノなんだ？　遠目には本物に見えたよ。近くで見せて」

パックごと天ぷらを渡すと、多田くんがエビ天を指でつまんで、まじまじと見ているので、顔から火が出そうになった。

「黒田さんは、こういうの作るのが得意なの？」

「得意ってほどじゃないの、一度体験講座に行っただけ。一人で合羽橋まで行って天ぷら作って、帰ってきたの。雨が降った日の休日に。暗いよねえ」

多田くんがエビの衣の感触を指で押して確かめる。見た目の再現度と違い、エビ天は触ると冷たく硬い。

「いや、いい趣味だと思うけど。一生懸命打ち込んで作っているうちに、夢中になってストレス解消になりそう」

彼が帰ったあともしばらくは、大きな身体の残した体温がまだ部屋に残っていて、いつもよりほのかに暖かかった。

話しやすい人だった。でも好きとかじゃない。たぶんあっちも同じ気持ち。恋人として仲が深まるために必要な情熱が決定的に欠けていた。

さびしくないと言えば嘘《うそ》になる。恋人どころか、私には好きな人さえいないのかと思うと、胸の真ん中にぽっかりと穴の空いた気持ち。同時に自分の気持ちに素直になれた清々《すがすが》しさと安堵が身体と独りぼっちの部屋を満たしていた。いままで好きな人を見つけよう、見つけようと焦りすぎていたのかもしれない。

＊

「先日いただいたアドバイスに背中を押されて、多田さんを家に招き入れましたよ」

「どうだった？　やった？　やった？」

ノゾミさんが真顔をずいっと近くまで寄せてくる。

「やってません。フッツーにご飯を食べて、フッツーに帰って行きました」

「進展なしか」

「でも家に誘ってみたことでよく分かったことがあったんですよね。相手も私と同じ気持ちだってこと」

「両思いってこと？」

「いえ、なんか良い感じになるかな、もしかしたら付き合うのかな、とほのかに期待しないこともないけど、やっぱり付き合うのは違うな、って思ってる気持ちです」

「えーなにそれ。結局、友達ってこと？　進展どころか、後退しちゃった。残念ね」

彼との会話は水のように無味無臭のまま自然に進んでいった。華やいでいた心は時間とともに落ち着いてゆき、余裕ができて彼の言葉に笑えるようになり、私の料理を良いスピードで平らげていって、二度もおかわりした彼を微笑ましく見つめていた。でも、本当にそれだけだった。友達以上でも、以下でもない。

「たしかに多田さんと話してると楽しいし、気も遣わないし、良い人だから晩ご飯を作ってあげるのもメイワクじゃない。でも私たちが付き合って男女の仲になるところがどうしても想像できないし、積極的な気持ちもわかない。おそらく多田さんもそうではないかな、と思います。好きな女の人になかなか言い寄れなくて悩むタイプの人ではない気がする。本当に好きになれば、相手が引くほどぐいぐい情熱で押すタイプなんじゃないかな、じっさいは」

「初めは友達みたいな気持ちから付き合い始めてもいいじゃない。だんだんお互いのこと異性として見れるようになるって」

Aが脳の中で〝そうだ、そうだ〟とノゾミさんの意見に共鳴しているのを感じて私は苦笑した。

「同じこと別の友達からも言われました。でもいくら友達からといっても、どっちかにそれなりの情熱は必要だと思うんですよね。私と多田さんにはその核となるものが無い気がするんです。で、無いことについてお互い不満に思っていない。つまり今のままの関係がお互いにとって心地いいんですよ」

「分からんこともないけど……。ハァー、なかなか一筋縄では進まない二人だね」

「だからいままで独身なんでしょうな」

他人《ひと》ごとのように答えながらも、私は結果をあまり悲観していなかった。むしろ自分の気持ちも相手の反応も知れて良かった。恋仲にならなかったとしても、多田くんが久しぶりにできた男友達という貴重な人であることには変わりない。

「私なんてあの人がうちに来るとなったら、上等の肉を買って何品も料理用意して、布団干してベッドふっかふかにしちゃうけどなぁ……あっ」

ノゾミさんの見開いた目の先には、社員食堂のカレー・ハンバーグレーンに並んでいるカーターの姿があった。私たちはもう食事も終盤に近づいているのに。昼ご飯を食べ始めるのが遅いのが、彼らしい。昼休みの間に食べきれるのだろうか？　きっと遅刻しても平気なんだろう。

ノゾミさんはカーターがいる方向とは反対の方へ、座ったまま身をかがめて、バッグから手鏡を出すと自分の顔を色んな角度から素早くチェックした。

「社食に現れるなんてめずらしい。味噌汁《みそしる》は塩からいわ、ご飯も肉も硬いわ、あんなところで飯を食う奴の気が知れない、ってこのまえ散々馬鹿にしてたのに」

「何様なんですか、彼は」

顔の点検を終えたノゾミさんが、カレーを受け取り、お茶の入った湯呑《ゆのみ》をトレーに置いたばかりのカーターに向かって、満面の笑みで細かく小さく手を振る。気づいたカーターは口元にゆるい笑みを浮かべて、カレーの載ったトレーを持ったままこちらへ近づいてきた。

「片桐くん、おつかれさまー。今日はカレーなの？　おいしそうね」

「別にうまくなんかないですよ。でもここのメニューだと、カレーならまぁ食べられるかなと思って。カレーなんてあるレベルまではどこの店で食っても同じでしょ」

グルメなのか違うのかよく分からない意見を述べる彼に、ノゾミさんは大急ぎでうなずいた。意識も痩せっぽちの身体も全身全霊彼に傾けていて、いつもより可愛らしく見えた。

「たしかにカレーならどんなお店でもとりあえず香辛料を混ぜとけば味はごまかせるもんね。社食で食べられるものあって良かったね。あ、もし良かったらコレ食べてよ」

ノゾミさんが手提げのトートバッグから取り出したのは、保冷用の小さなバッグで、中からは缶に入った水ようかんが出てきた。

「毎度ありがとうございます」

カーターは普通に受け取り、その場で立ったまま缶の蓋《ふた》を開けて、舌を出したかと思うと、缶から落ちてきた水ようかんを、つるっと一呑みしてしまった。当然のように空の缶をノゾミさんに返す彼にも、当然のように受け取るノゾミさんにも、呆気《あっけ》にとられて声も出ない。

「甘すぎなくて、ちょうど良いでしょ」

「おれ、どっちかっていうと、こしあんより粒あんの方が好きですね」

「じゃ、粒あんの水ようかんを買ってくるね」

「楽しみにしてます」

必殺カーターースマイル、と本人もノゾミさんも思っているらしい、CMに出てきそうな整った笑みがその場で披露されたが、当たり前だけど私の心は一ミリも動かされなかった。鼻歌をうたいながら去ってゆくカーター、腰の位置が高い、足が長い。でも私なら彼にどら焼き一つさえもあげたくない。

「今日、とんでもなくラッキーな日だったな～。いつも彼にあげるお菓子を持ち歩いてるんだけど、彼から近寄ってきてくれたのなんて初めて。もう今日眠れないかも」

紅潮した頬《ほお》を押さえているノゾミさんを眺めていると、私も彼女の心理構造が分からないが、彼女からしてみれば私が恋人関係に発展しそうもない、しかもカーターみたいにかっこ良くもない男性に対して晩ご飯を作ってあげる気持ちも到底理解できないだろう。

「〝好き〟って気持ちは、そんなに重要ですかね」

まだあきらめきれてないAがつぶやく。

「親しみやすさがあって、どうにも乗り越えられなさそうな生理的嫌悪さえ無ければ、初めは違和感はあっても努力次第で男女の仲は深まるんじゃないでしょうか。世間の男女がくっつく理由なんて、地味なものです。外に出かけてゆくときの一張羅で部屋の中で過ごす人がいますか？　みんな映画のラブロマンスに涙したり、恋の歌をカラオケで熱唱したりしながらも、気が合って一緒にいても疲れない人と結婚してゆくんです。多田さんと一緒にいてあなたが肩が凝らないのは吉報です。人生をずっと共に過ごせるかもしれない人を見つけられたかもしれないんですからね」

今日はソファに座ってテレビを見ながら、飲みなれないお酒を飲んでいる。あてはコンビニの店頭で買ったおでんで、つみれと白滝と大根と丸いふわふわしたはんぺん。買って店から出たあとウィンドウに貼ってあるおでんのポスターを見て、再び店に入り、

「あの、おでん追加……タコ……」

と注文し直した。わざわざ舞い戻ってまで買ったせいか、串にささったタコが具のなかで一番おいしく感じる。簡単におでんを食べられる環境はありがたい。ヘルシーだし。

「好きになった人に振り向いてもらうための努力とか、両思いで付き合ったあと仲良くやっていくための努力は、必要だと思うよ。でも好きになる努力、は違和感ある。自然な気持ちの発露が無ければ、全部こじつけになっちゃうよ。昔の人はお見合いしてすぐ結婚した、恋愛なんて無くても一生添い遂げた、って意見もあるけど、出会い方や時代が違うと人の心も違うもんだよ。現代人の自然な心の動きを無視して、昔はこうだった、なんてナンセンス」

「言ってる意味は分かります。それに相手の、多田さんの気持ちもありますもんね。一人で突っ走ってもしょうがない」

Aがめずらしく引き下がり、私は自分の意見が通り満足そうにうなずくも、心のど

こかでちょっとさびしい。

＊

初めてのおひとりさまって、髪を切りに行くときだったかもしれない。スーパーでも公園でもどこでも、家族か友達と行っていた小学生のとき、親からもらったお小遣いを握りしめて近所の美容院に単独で行くのは緊張した。美容師さんにどんな髪形になりたいか上手く伝えられなくて、またせっかく来たんだから、いっぱい切ってもらわなきゃもったいない気持ちがあって、いつもお決まりのショートカットにしていた。私は通学路の途中にあるおしゃれでこぢんまりとした美容院に行き、妹はお駄賃がもらえるという理髪店に通っていた。「切り終わったあと、百円と飴をもらえるんだよ」とうれしそうな妹は、そもそもカット代金を払っていることなんか忘れていて、理髪店の店主にがっちりと心を摑《つか》まれていた。

あれから時を経て、さまざまな美容院を利用してたくさんの美容師に色んな髪形にしてもらった。今日は代官山《だいかんやま》の八幡《はちまん》通りに面したビルの三階に入ってるサロンで髪を切ってもらう。初めての利用で、クーポンを提示して五千円以下でお得だ。店に着くと口髭を生やした若い、細身の無口な美容師さんが顔の輪郭に沿った丸みのあるボブヘアに切ってくれた。座った席は大きな窓に面していて、背の高くないファッションビルの並ぶ通りを行き交う人たちが見下ろせた。

美容院から出た直後に「生まれ変わったワタシ……」みたいな表情で髪をサラサラさせながら再び街へ溶け込んでゆく瞬間を、周りの人たちに目撃されると気恥ずかしい。シャンプー特有の甘くて涼やかな香りが髪に残っている。美容院帰りってついつい街中の鏡やショーウィンドウを覗きこみ、どんな髪形になったか気にしてしまう。腰をかがめてバイクのミラーに顔を映してみたら、髪の切れ端が鼻の下についていて、長い鼻毛みたいになっていたので、あわてて指でつまんで取った。せっかくヘアスタイルがリニューアルしたのに家へ直帰するのも味気ない。通りに面したカフェに入り、モンブランとアールグレイの紅茶のセットを頼む。店内は女性ばかりでグループや二人連れが多く、席はほとんど埋まっていて私よりちょっとだけ後に来た人たちが「満席なので」と断られていて、座れたのはラッキーだった。

すぐ近くに女性二人組が座っていて、片割れの女性がカラフルな配色の服装で店内で一番目立っていた。分厚い羽織物を脱いだのか、店のなかの彼女はやたら薄着で、ライトブルーとホワイトの配色が主で、差し色としてところどころイエローも挟んでいるエミリオ・プッチ柄のワンピースを着ている。胸も足も腕も相当露出しているが、肉感的ではなくほっそりしているせいか、いやらしく見えない。背中の真ん中まである長い茶髪からピンヒールを履いた小さな足の先まで全身のおしゃれに手を抜いていない。目を引く華やかさだけど、やや派手すぎて洗練されてるとは言い難い。連れの女性は重たいロングヘアをゆるく巻いたおとなしそうな女性で、服装はクリーム色っぽく特に見るべきものはなく、保守的な印象。この二人連れが異様に目立つのは明らかにプッチ柄のワンピースの女性が原因で、あけっぴろげな音量で話す彼女の声はよく通った。

「ケーキも食べよっか〜」

「いいね、食べよう」

「メニューもう一回もらおうっと。スミマセーン」

店員にケーキを頼むと二人は満足したのか、しばらく何もしゃべらずに紅茶の砂糖をスプーンで溶かしていた。

「ねえ私、恋人ができそうな気配がないよ、どうしよ。合コン行っても全然ダメ〜。行くだけで次につながらない」

プッチのワンピースの方が明るいトーンを保ちながらも弱音を吐く。服装もぱっと見もアラサーに見える彼女だけど、悩みが深刻そうなので三十代半ばなのかもしれない、と印象は修正された。

「前に言ってた合コンね。あんまり男のコの質が良くなかったの？」

おしとやかな方がプッチの話題を丁寧に引き取る。人の話をちゃんと聞く親切な女性にも思えるけど、自分のことは打ち明けず、周りのゴシップは手元に集めたいタイプにも思える。

「質っていうか、ピンとこないって感じ。会話してる最中は楽しいけど、二人きりまで発展しそうな気配がないっていうか。連絡先もらったけどまだ連絡してなくて、代わりにアツキに電話しちゃって、昨日夜じゅうしゃべっちゃったよ、どうでもいい話ばっかり」

「連絡先交換したなら、ちょっとくらいやりとりしてみたらいいのに」

「うん、まーね」

「アツキくんとは相変わらず仲良いんだね」

「うん、先月にも一回、恵比寿《えびす》で飲んだ」

「アツキくん、いいじゃない。元サヤにもどれないの？」

「どうだろうね、私はイヤじゃないかも。でもそんな雰囲気はまったく漂ってないなー、友達って感じ」

こういう明らかに明度の差がある女性二人組は年代にかかわらず派手な方がぺちゃくちゃしゃべって会話を牽引《けんいん》し、ちょっと威圧的な上から目線で相手と接し、おとなしそうな方は傍《はた》で聞いてると痛々しいほど相手に気を遣って、食べるものでも次の予定でも相手の言いなりになっていることが多い。「あんたたち、本当に友達？」と聞きたくなるような胸の痛くなる会話が続く。もしくはよくしゃべる方が沈黙に耐えきれず、つまらないことでもなんでもおおげさにしゃべり続けるので、相手がますます無口になるという、悪循環タイプもある。今回の二人連れもそのパターンかなと思ったけど、プッチの方がどうも苦労人のような、明るく振る舞いながらも相手の気持ちを慮《おもんぱか》る、必要によっては相手もちゃんと褒める気質の女性のようで、年齢を考えると恋愛相談の内容がギャルの頃をまだ引きずってる感じがするが、性格が悪そうには見えなかった。またおとなしそうに見える方の女性もただ自分の意見を言えないタイプではなくなかなか胆《きも》の据わってそうな、悪く言えばおっとりして見えるのに腹の底でなにを考えてるか分からないタイプで、なかなかお互いの力関係は拮抗《きっこう》していた。

「入社当時の二十代前半の頃から、うちに来るような客ばっかり見てるから、男を見る目のハードルが上がっちゃうんだよね。百二十万のソファとかポンと買って、〝あとは合いそうなファニチャー適当に見繕っておいて〟なんて買い方する客ばっかりだもん」

プッチが愚痴っぽく話しながらも、若干の誇りと自慢が垣間見える。おしゃれな代官山で、プッチは高級家具を扱う店で働いているらしい。それもお金持ちのおじさまがしょっちゅう来るお店で。高そうなワンピースや手入れした長い茶髪にも、バブリーな雰囲気にも合点がゆく。

「次は結婚につながる人と付き合いたいなー。この間も先輩が結婚してさ、焦る。先輩さ、もう私、結婚できないと思う、しなくてもいいや、とか言ってたのに、一カ月前から付き合った人と電撃入籍しちゃったんだよ」

「え、一カ月?! すごーい、運命の人だね」

「ロードバイクのサークルで知り合って、付き合い始めてトントン拍子に結婚することになったんだって。半年後の結婚式にさっそく招待された。でもさー、結婚するまで実質出会って三カ月も経ってないんだよ。私なら、ちょっと怖いわ。相手がどんな人か分からないじゃない。少なくとも一年以上は付き合わないと」

「でも、ちゃんとした人なんでしょう?」

「うん、大手の文具メーカーに勤めてて、年も先輩より三つぐらい上なんだって。理想的だよね。うちの課、なんだかんだで先輩たちは結婚していってる。今回の先輩もそうだけど、四十歳になる前にばたばたっと結婚が決まって、三十代後半か四十代の初めで第一子を産んでる人が多いなぁ。思い当たるだけで四人いるよ、そのパターンが」

「そっかー。みんな四十を前にすると決心がつくんだね」

平均初婚年齢や平均出産年齢が年々上がっているというのはニュースで知っていたが、都内ではさらに年齢が上がるみたいだ。プッチの話を聞いていると、結婚したいと口では言ってるけどまだ現実としては捉えられてないような、年齢にしては幼い印象を受けたけど、彼女の周りの女性が四十前にようやく結婚する人たちが多いなら、まだまだ本気で焦ってない理由もうなずける。同じ都内で働く未婚の女性でも、私と彼女とでは周りの環境がずいぶん違うようだ。私の周りでは二十代から三十代中盤までに結婚するコースの女性か、ずっと独身のままでいる女性かに分かれる。どっちに進みたいとはっきり決めたわけでもないのに、一生独身コースを着々と歩んでいる自分は、彼女みたいにあけっぴろげに〝結婚したい〟とは言えない分、中途半端な欲望と諦めを抱えて日々を歩んでいる。

子どもかー、いたら楽しそうだけど別にいなくてもいいや。子どもがどうしても欲しい人には分かってもらえないが、意地でも誇張でもなく、等身大の正直な本音だ。そう言ってても後で欲しくなるんだって、と言われても、やっぱり実感がわかない。私にとって子どもは〝まだ欲しくない〟ものではなく、〝欲しいか欲しくないか聞かれれば、積極的に欲しいとは思わない〟に分類されている。それが時間経過と共に変わるかは〝いま生きていたいからって、いつか辛《つら》いことがあって死にたいと思うかもしれないじゃない〟と言われているのと同じくらい、理屈は分かるが実感のわかないできごとだ。だんだん同類の女の人は見分けられるようになってきて、おそらくプッチは私の考えとわりかし似ているんだろう。

私と違うのは、彼女は結婚だけはいつかは必ずしたいと猛烈に願っていて、それは彼女がキレイで男の人にやさしくされてきたからかもしれない。私はあんまり、男の人に夢を抱かない環境で過ごしてきた。おしとやかの方は、口には出さないが、結婚も子どもも両方必ず手に入れたいと思っていそうだ。彼女は子どもの話になったときにいままでの会話より間が長く、かなり用心深く当たり障りのない相槌《あいづち》を打っていた。

「私も先輩に続いて四十までに結婚できればいいいな。ミキちゃんはどう？　結婚はまだ考えてない？」

「考えるよ〜、できればしたいなと思ってる。でも迷ってるんだよね」

「あ、前言ってたあのアプローチしてきた年下の男の子？」

「そう、年下の。何回かお会いしてるうちに〝付き合ってください、ずっと一緒にいてください〟って言われちゃって、いま迷ってるところ」

「そうなの?!　良かったじゃん、告白されて！」

「えー、でも年下過ぎたり、色々あって迷っちゃう。まあ、たぶん付き合うと思うけど」

「付き合っちゃいなよ～。なんだ、良い線いってる人がいるんじゃない、よかったじゃん」

かすかにプッチの声に元気とハリがなくなったのを、隣の席でモンブランを食べている他人の私は聞き逃さなかった。相手が後出ししてきたハイスコアのカードにより、いままで散々自分に男っ気がないと白状してきた彼女がみっともない立場に追い込まれていて、ちょっと同情する。同じ立場だと思っていた女友達が、実は自分より二歩も三歩もリードしたところにいると知ると、嫉妬とまではいかなくても、複雑な気分になる。でもプッチは女友達に前向きな検討を促して、自分のさびしい心とは裏腹にハッピーな雰囲気を女友達のために保ち続けるよう努力している。

「でも二十五歳は若すぎるよ。私より七つも年下だよ？　このまえ彼の女の子の友達もいる場所へ一緒に遊びに行ったんだけど、帰ってきてから悩んだもん。あんなに若い子ばっかりいる環境で、浮気されたらどうしよう、勝ち目ないわ、って」

おしとやかなミキの発言で彼女が私と同い年だと分かった。たしかにカップルで男性が七歳も下となると躊躇する気持ちも分かる。傍で聞いてると、彼女が年下の男の心を摑む理由も分かる。年下からすれば、おっとりと包容力のあるように見える彼女からは、同世代にはない品や安心を感じるのだろう。黒髪にゆるいウェーブをかけたロングヘアも彼女をけっこう若く、手入れの行き届いたおじょうさん風に見せている。

「相手が年の差を気にしてないなら大丈夫でしょ」

「うん、気にならない、そのままのミキさんが好きですとは言ってくれるんだけどね。あとは彼の勤務先についてかな。来年から北京って言ってるけど、いつ帰ってこれるか分からないんだって。てことは、私も来年から中国暮らしってことなのかな」

「あー、出会った最初から、メーカー勤めでこれから中国行く、って話をされたって言ってたもんね」

「うん。彼の会社は有名なメーカーで中国に力入れてるし、彼自身も中国語も英語もしゃべれるから、海外組としては重宝されそうで本当に日本に戻れるのかなって。もし結婚して彼がずっと中国勤めなら、妻である私も一生中国に住まなきゃいけないでしょ？　そんなのできないよ～、ムリ。どうしよ」

ミキの口調には彼の優秀さを誇りにしている反面、中国行きには本気で悩んでいる内面がにじみ出ていた。

「たしかに中国にずっと住むとなると、相当の決心がいるだろうね……。旅行で行くなら近いし、最高だけどね。中国で起こる大きな事故や食品のニュースとか聞くと、なんていうか日本と規模が違うっぽいしね」

「うん。仕事も当然辞めなきゃってなるし、中国行きは荷が重すぎるよ。ね、彼が付き合ってください、ずっと一緒にいてくださいって言ってくるのはどういうことなのかな？　中国にいる間、日本で私に待っていてほしい、っていうこと？　それとも結婚して一緒に中国についてきてください、っていうこと？」

「さあ、どっちなんだろ。気になるね、本人に訊いてみたら？」

「訊きたいんだけど、こっちから結婚のこととか切り出したら〝重い〟って思われそうで怖くって。やっぱり年上だから人生設計焦ってるのかな、って引かれたらどうしようと思って」

あなたとの将来について、そこまで真剣に深く考えてないんじゃない？　だってまだ二十五歳なんだし、と外野の私は心の中で意地悪な見解を出してみる。

「でも手放すのももったいないと思ってて。私、彼の顔がけっこう好みなの。イケメンさんだと思うんだけど……どう？」

「ほんとだ！　かなりかっこ良いね。なかなかいないよ、ここまで整っている人は」

差しだされた携帯の画面を見て、プッチが歓声をあげ、ミキは急にテンションが上がって華やいだ。

「やっぱりそうだよね。初めて会ったときからイケメンさんだなと思ってたの。良い会社に勤めてて、中国行きは別として将来は安泰だし、語学もできるし、顔もかっこ良いから付き合いたくはあるんだよね。うん、やっぱりとりあえず彼の告白にＯＫの返事出してみる。もったいないもん」

結局顔かよ～、イケメン〝さん〟ってなんだよ、さん付けしたところで語感のいやらしさは変わらないぞ。彼の性格はいいの？　あなたとのフィーリングはいいの？と思いながら私は席を立ち、お会計を済ませて店を出た。最終的に完膚《かんぷ》なきまでにマウンティングされたプッチの表情を、帰り際にちらっと盗み見たら、心の中はどうであれ笑顔は最初の楽しそうに男いないとしゃべっていたときと変わらない明度で、心の中で〝偉いぞ〟と彼女をいたわった。マウンティングに負けて、人間性で勝つ。つまり、そういうことだ。

夕方になった代官山の八幡通りを歩いていると、店に入って女二人組の会話を聞く前と気分が違う。えっと、私はなんでこんなオシャレな街にいるんだっけ。そうだ、髪を切りに来たんだった。二人の会話の濃さに引きずられて忘れていた。にしても彼女たちの恋バナは、同世代にもかかわらず私とノゾミさんの恋バナとなんて違うんだろう。

「ふう。今日も他人の会話で心が重いぜ」

「なんか……かっこ良くないです」

「たしかに」

Aの茶々に応えながら、駅へ続く道を左に曲がった。

＊

週末、ひさびさに実家へ帰った。両親に買い物に誘われたが断り、妹夫婦も旦那さんの方の実家に行くと言って、昼前に出て行った。実家へ帰るとつい出無精になる。古い冷蔵庫と加熱中の炬燵《こたつ》が鳴らす、ジーンという家電の低い音だけが居間に響く。最初だけ見ようと思っていた未解決事件の特番を結局ラストまで見届けてしまったせいで、ずっと同じ姿勢だった首と背中が痛い。甲羅から首を出したカメの姿勢で、二本の頬杖をついて首を支え続けたまま何時間も過ごしたのだから、痛くなって当たり前だ。

よし、マッサージへ行こう。

だらだらしすぎでこった身体を他人にほぐしてもらうのはさすがに罪悪感があるけど、実は帰省するときに実家の近くに新しい整体院ができているのを発見して、気になっていた。

マッサージ店で施術を受けるまで、肩というのは首の付け根から腕の付け根までの範囲だと思っていた。〝♪母さんお肩をたたきましょう〟と歌いながら子どもがとんとんと叩《たた》く場所だ。しかしマッサージ師さんに「どこがお疲れですか」と訊かれて「肩です」と答えると、肩だと思っていた部位はもちろん〝天使の羽〟と呼ばれる肩甲骨の部分までほぐしてもらって、ここも肩なんだ、てっきり背中だと思っていた、と驚いた。骨のたくさんある複雑な部位の肩甲骨付近の肉を、うまく骨を避けて押してもらうと、とても気持ちが良い。また肩甲骨の一番外のハの字のラインに沿って押してもらいながら、折り曲げた腕を後ろへ引っ張ってもらうと、親指がツボにぐっと入ってこれまた気持ちが良い。仕事でパソコンを使い猫背気味だから、どうも姿勢を強制的に正してもらう動作が、血流が良くなって快感のようだ。

実家で炬燵に入りびたりすぎて肩がこるなんて、大掃除のときに粗大ごみと一緒に自分も捨てたらよかったほどの、体《てい》たらくだ。しかし無理な姿勢でテレビを眺めていたのと、身体を変な方向に折り曲げて横たわっていたせいで、肩や首がひどく軋《きし》む。

ひさしぶりに鏡を見たら、目鼻口がむくんだ顔の肉に埋まった、しまりのない表情をしている。寝ぐせは水をつけただけでは直らず、結局シャワーを浴びた。

整体院へ行き、個人情報を書きこんだカルテを手渡すと、整体師の女性は施術室へ私を案内した。客は私のほかに一人もいない。整体師さんは化粧っけはまったくないのに、頰がやたら赤く、三つ編みで、ちょっと浮世離れした雰囲気だ。

「それでは60分コース、よろしくお願いします」

首に直《じか》に手を当てた。温かいというより、熱い手のひらからエネルギーが伝わってきた。タオル越しに、背筋を伸ばすように両手でさすられる。初めての身体を前にしたとは思えない、確信のあるさっぱりした手つき、肩を少し揉《も》んだだけで分かる力の強さ、顔を伏せててもよく分かる、彼女の直立不動を支えるがっしりとした下半身。マグロの解体ショーに似た活気がふつふつと腹の底からわいてくる。

彼女はまず左肩からほぐし始めた。肩甲骨のあたりに点在しているこりっとした苦しみを、上手に親指で押しながら肩の方へ移動させてゆく。コリをもてあそばれている！　しかし悪い感覚じゃない、というよりスキ。皮膚の下の筋肉がどんな風に動いているのか、皆目見当がつかないが、たしかに肩こりのコリが、上へ上へと移動している。

正しいポイントを押されてまた移動し、コリはとうとう肩の一番上の、鎖骨の出発点までやってきて、息が止まりそうなほど強い親指の一撃を受けて、完全に押しつぶされた。まるでしらみつぶしだ。つぶされた左肩がスッと軽くて、まだ済んでない右肩と同じ身体とは思えないほど違いがある。右肩のコリもてあそび、移動させ、つぶし終わると、今度は背骨の両側にくっついた筋肉を剝《は》がしにかかる。息もできないほど痛いポイントが背中の真ん中より少し上にあるが、彼女はそこを力任せに押したりはしない。痛いと身体が緊張して硬くなり、せっかくほぐした肩にまたコリが溜まる。背骨の終わり、腰の付け根をゆっくり長押しして、彼女の親指が肉に沈み込んでゆく。

お尻の側面のツボを矢で射る感覚で狙いうちで押し、なんでこんな場所までこってるんだと自分でも不思議になる、お尻のやわらかな肉を、大胆な手つきで揉みほぐした。太もものうらの大きな筋肉を体重をかけて圧迫され、気持ち良さは足首まで伝わり、張ってるふくらはぎは強すぎない筋もみ、足裏は皮膚の内側でざりざりしている疲労物質を妙に意識させる手技を使うので、不純物の溜まっている感覚に鳥肌が立った。しかしそれもコーヒーの底に溶け残った角砂糖をスプーンでかき混ぜるように彼女が親指で円を描くたびに量が減り、しまいに無くなった。

「力加減はいかがですか」

「はひ、とってもいいれす」

よだれが垂れそうな、夢心地で答える。

「肩はお疲れですが、他はまだ元気そうですね」

「そうですか、もんでいると分かりますか」

「いえ、においで分かるんです。疲れきっている人は独特のにおいを発してます」

彼女の手は的確に動き続けている。

「へえ、たしかに関係ありそうですね」

「つらい恋をしてる女性の身体からは、山羊《やぎ》のにおいがするんですよ」

意外な話の展開に思わず目を開けた。

「なんで山羊なんですか」

整体師さんは首をかしげる。

「なんでですかね、同業者でよく話すけど、みんな、するって言います」

「山羊のにおいのする客が、本当に悩みごとがあるかは、どうして分かるんですか」

「何回も通われて親しくなってくると、自分から言い出す人が多いんですよ。施術が終わってお茶飲みタイムのときに、〝私いま奥さんのいる人が好きなんですが、やめた方がいいですかね〟とか相談が始まります」

別のシチュエーションで聞けば、うさんくさい話だな、と思ったかもしれないが、彼女の人並み外れた手技の能力に〝そういうこともあるかもしれないな〟と信じてしまう。山羊のにおい、どんなだろう、私からはどんなにおいがしてるんだろう。

焼き魚のごとくひっくり返されて、次は表側。足指五本から扇状に伸びている、細い骨か腱《けん》を指の腹でつまびかれ、足首は体重を上から乗せつつ両足首同時にしっかりホールドして、脛《すね》は軽め、膝小僧《ひざこぞう》の上と下を入念にマッサージする。突然、膝小僧の上の肉をがっちり両手で包んで、太ももの肉を全部付け根へ引き上げてゆく動作を、力をこめて二度行った。快感のしびれが身体に走る。

頭の方へ再び移動した彼女は、新しいタオルを顔と頭にかけて、私の目元を隠した。彼女の手が頭の繁《しげ》みに突っ込まれ、髪の毛をもしゃもしゃ言わせながら、頭蓋《とうがい》を包む皮を動かす。確信を持った親指が頭蓋骨のど真ん中を押す度に、頭蓋骨の継ぎ目について思いを馳《は》せる。生まれたての赤ちゃんの頭の真ん中がやわらかいのは、まだ頭蓋骨が閉じてないせいだという。あまり的確に押されると、完全に閉じたはずの頭蓋骨が、また四枚に分割して元に戻らなくなりそう。脳みそについて考えてる私の脳みそに触れている彼女の指の距離はほんとに近い、骨と皮のみ。

施術は顔に移り、眉の筋肉まわりをほぐしたあと、慎重に目の周りを細かく押してゆく。彼女は、私の知らぬ間に出っぱっていた目玉を、元の位置に押し込んでくれる。頬骨の下なんていう訳の分からない箇所を押してもらっても気持ち良いなんて、もはや身体のどこを押されても快感なのかもしれない。耳たぶを引っ張り、耳の下であり顎の付け根でありリンパ節の始まりでもあるそこを、丁寧にスイング。基本、顔の表サイドになってからの彼女の手つきは、太もものざっと押しとは比べものにならないほど繊細だ。それだけ重要な器官の集まっている部位なのだろう。首の両側、気管に入るか入らないか、ぎりぎりのところまで指を進めていって、咳込《せきこ》むのに備えるが、やはり奇跡的に急所は避けてゆく。鎖骨周りの血行を流し、最後に首の付け根を三角に強くつまんだ。肩の筋肉の全部がそこに集まっていて、息も止まりそうなほど痺《しび》れて、このまま持ち上げられてハンガーに吊《つ》るされるんじゃないかくらいの強い力。そして、解放。

「はい、終了です。おつかれさまでした」

ふうー、と息と共に息以外の身体の疲れも外へ出てゆく。目の焦点も合わないほど、身体がぐにゃぐにゃ。これはすごい。言葉もない。

「どこ押されても気持ち良かったです」

「それは良かった。生理は重い方ですか」

「わりと」

「だったら、生理中にも来てくださいね。子宮や周りの内臓をほぐします」

子宮や内臓までほぐされたら、もうお嫁にいけない。いや、そんなことはないが、もうすべてを委ねてしまいそうで、ほとんど空恐ろしかった。

「ありがとうございます。多分また、絶対来ると思います」

帰りぎわ、気になっていた質問をぶつけた。

「あの、私からはどんなにおいがしましたか」

「特に大丈夫でしたよ。正常なにおいでした。ただ肩は異常にこってましたね」

「改善策はありますか」

「身体を動かすことですかね。あとはとにかく冷やさない。夏の間から身体、特に足首を冷やさなければ、冬も快適ですよ。暑い時期からぬくみを貯金するんです」

「ぬくみって貯められるんですか？」

「できますよ。クーラーなどが原因の突然の冷えを、身体に記憶させないことが大事です」

笑顔で礼をして整体院を出ながらも、彼女の目の動きで私の身体からもちょっとは山羊のにおいがすることが分かってしまった。とりあえず、身体を動かすしかない。

また炬燵に入って首に負担のかかる姿勢に戻ると、せっかく揉みほぐしてもらったのが元の木阿弥《もくあみ》になりそうで、階段を上がり二階の自室へ引っ込んだ。高校の頃まで使っていた学習机と、中学まで習っていた電子ピアノと、天日焼けして元の水玉模様が消えたカーテンが出窓にかかっているかつての子ども部屋は、もどると落ち着くがどこか物悲しい。上京する際に〝とりあえず要るものだけ〟を念頭に置いて荷造りした結果、要らないと判断されたものがそのまま残っている。置き去りにしてしまったものたちへの罪悪感と、それでもどうしても捨てられない懐かしさが同居している。

机の上にはいくつかの郵便物が重ねられている。そういえば母が〝あんたに届いてたもの、机の上にまとめて置いといたからチェックしときなさいね〟と昨日の晩に言っていた。もう行ってないメガネ店のＤＭ、同窓会の案内のはがき。どうでもいいものばかりにまぎれて、赤と青の線が封筒に入った海外からのエアメールが一通あった。送り主を見ると、大学時代の友達、皐月《さつき》だ。大学生のときに住んでいたアパートから引っ越して、新しい住所を教えていなかったから、手紙が実家に届いたようだ。

〝Cara Mitsuko．

おひさしぶりです、最近会ってないけど、元気に暮らしていますか。私は最近はほとんど日本に帰らず、こちらイタリア、ローマの生活に慣れ親しんでいます。義理の両親と同居していて、毎日家事でてんやわんやしています。でも移り住んですぐよりはだいぶ気持ちにも生活にも余裕が出てきました。

以前みつ子はイタリアに行ってみたいと言っていましたが、良かったらそろそろ来ませんか？

私の住むローマ（といってても家はローマの郊外にあるのですが）はヴァチカン市国のあるカトリックの国にあるので、旅行で訪れるならクリスマスシーズンがおすすめです。クリスマスイブから新年の時期まで、ぜひうちに一度遊びに来ませんか？　夏のような太陽の美しさもないですし、日中は暖かいけど夜は気温が激しく下がるローマの冬は過酷ですが、それでもクリスマスと新年ならではの華やかさがあります。日本とはまた違う荘厳《そうごん》なクリスマスとおいしい特別なディナーが味わえるでしょう。

Satsuki.〟

彼女から二週間ほど前にパソコンのアドレスにメールが届いていたのを思い出した。こちらの近況を尋ねる言葉と、順調にやってると自分の方を伝える言葉、あと良かったらイタリアへ来てね、と最後に付け加えてあるだけの簡潔なメールだったので、返信しようと思いつつ、まだ返していない。こんな丁寧な手紙までくれていたなんて、なんのレスポンスも返さず申し訳なかった。

皐月は結婚してイタリアのローマの家庭に嫁いだ大学時代の友人で、とても仲が良かったが物理的な距離が離れてしまったこともあり、ここ何年か新年の挨拶《あいさつ》をメールで交わすだけの仲になっていた。何度か〝イタリアに遊びにおいで〟と誘われていたが〝すごく行きたいけど、飛行機が恐ろしいから〟と返事して、それきりになっていた。あれから五年以上経ったいま、「行きたい」と言っていたことを忘れずにまたさりげなく手紙で誘ってくれるところが、皐月らしい。

おひとりさまの総本山、一人海外旅行。海外旅行の経験といえば、母と妹と三人でタイに行ったのと、大学の卒業旅行で友達とハワイに行ったきり。一人で旅をした経験はない。そういえばハワイのメンバーには皐月もいた。一人だと巡回バスの停留所がある免税店やワイキキ・ビーチくらいにしか行けそうもない私に対して、皐月は

「地球の歩き方」で交通手段を調べて簡単に穴場の地元の海水浴場へ連れて行ってくれた。私と同い年の彼女は、二十七歳で結婚してイタリアの人になってからもう六年。あちらの生活にすっかりなじんで、ただの観光スポットとしてではないイタリアを紹介してくれそうだ。しかも〝ぜひうちに〟滞在してと手紙に書いている。彼女は夫の両親と同居しているという。ホテルじゃなくてイタリアの一般家庭のお宅にステイできるなんて、貴重な経験になるのではないか。当然ホテル代も浮く。

がぜん行ってみたくなって、揉みほぐされて心地よく気怠《けだる》かった身体に生気がみなぎった。そう、身体を動かせと整体師にも言われたじゃないか。十二月二十四日から一月二日までなら八泊十日の長旅になる。冬休みをほとんど、イタリアで過ごすことになる。

　時差を計算して大丈夫な時間帯だと分かると、さっそく皐月に電話してみた。手紙を読んだ、行ってみたいと話すと、皐月はうれしそうな反応を示した。

「まあ師走で年末年始の大切な時期だし、みつ子の都合もあるから無理のない範囲で、だけど」

「ううん、仕事は冬休みだし、私は相変わらず結婚もしてないし、今年の年末はいつも通り実家に帰るつもりだったけどそれも絶対ってわけじゃないから、無理はないの。

でも年末年始の親族が揃《そろ》うなかに、私が一人混じってたら迷惑じゃない？」

「いいよ、八泊ともうちに泊まりなよ。うちは私の親族や夫の友達も長期間泊まりに来るとか当たり前だから、全然迷惑じゃない。一カ月ぐらいお客さんが家族みたいに一緒に寝起きして泊まっていくなんてザラだよ。うちだとホテル代もかからないし、安全だし、どこかにわざわざ泊まるよりよっぽどいいって」

「ありがとう。じゃあ泊めてもらおうかな。長く滞在することになるから、家事とか手伝うよ」

「ううん、来てくれるだけで十分うれしいから、気を遣わないで。とにかくせっかく遠いところから来るんだから、みつ子には色々と楽しんでほしいな。みつ子の体力次第だけど、ローマの街をすみずみまで案内するね」

「ありがとう！　ヨーロッパに行くこと自体が初めてだから、本当に楽しみだよ」

＊

イタリア行きが決まってからというもの、毎日の生活に張りが出てきた。Aと話す時間も前より減り、旅行までに仕事や雑用を済ませようと、いそがしい日々が続く。

「みつ子ちゃんて何歳だっけ」

昼休み、お弁当を食べ終わって、イタリアに持ってゆく服についてぼうっと考えていたら、同じようにぼうっとしていたノゾミさんが突然聞いてきた。

「もうすぐ三十三です」

「三十三歳だとココアの年だね。最近私の中で年齢を飲み物にたとえるのが流行ってんの。似合う飲み物が、どの年齢にもあるんだよ。甘いけどけっして甘すぎない、ほろ苦いココアを、マグカップを手で包み込むようにして少しずつ飲み、胸の不安を消してゆく……三十三歳」

「ずいぶん主観が入ってますすね」

いま思いついたでたらめを言ってるのではないかと疑念がわき、次々と質問をくり出した。

「十六歳は？」

「麦茶」

「十七歳は？」

「三ツ矢サイダー」

「三十七歳は？」

「アンバサ」

「二十四歳は？」

「キューカンバーカクテル。青くて甘い、良い年だね」

意外にも次から次へすらすらと出てくる。

「じゃあ〇歳は母乳？」

「母乳は一歳。ほんとの生まれたての〇歳は、羊水だね」

「じゃあ逆に、梅こぶ茶は何歳？」

ノゾミさんは目をつむって考え込む。いまてきとうに当てはまる年齢を探してるのが実情かもしれないが、すでに頭の中にちゃんとある年齢飲み物カレンダーを仔細《しさい》に点検しているようにも見えた。

「一〇六歳だね。こぶ茶は七十四歳のときに一回あるんだけど」

「梅こぶ茶までたどりつける人は、稀《まれ》だろうな。ノゾミさんって、何歳？」

「三十八歳」

「三十八歳はなんなの？」

「もちろん赤ワインよ。うまく熟して今がちょうど良い時期」

信憑性《しんぴょうせい》はもろく崩れた。ノゾミさんは三十九歳になれば、三十九歳こそ赤ワインよ、と言い出しそうだ。

　仕事に戻る前に、私たちは畳の上で軽く体操をする。座って前屈してお互いの背中を押し合いっこすると、ココアの私は手が脛まで届き、赤ワインのノゾミさんは足の甲まで届いた。

「ちかごろのカーターは、どんな様子ですか」

　ノゾミさんの背中は痩せてて硬いのに、屈伸性はある。ノゾミさんは私に背中を押され、苦しげに息を吐きながら答えた。

「どうもこうもないよ、取引先でちやほやされてるみたいで、こっちに戻ってきても上の空だよ。気に入った女の子がいるみたいでね、取引先に行っても、すぐに帰らずにその子とばっかりしゃべってるっていうから、あっちの会社で嫌われるのも時間の問題でしょう」

「強力なライバル出現ですね」

「マンガみたいなあおり文句つけないでよ。強力じゃないよ、どうせその子もカーターの中身を知ったら引くでしょ。カーターがカーターである限り、彼は誰のものでもないのよ。寝るくらいはするかもしれないけどね」

「あの人が誰かと寝るのは平気なんですか？」

「平気じゃないよ、どこかの女が彼の目を閉じた整った寝顔を眺めてるのかと思うと苦しい。でもあいかわらずお菓子持ってたら寄ってくるし、褒めたら喜ぶのよ、あいつは。その点でつながれてるから、むなしくない」

フンと鼻息を出すノゾミさんはたくましい。ノゾミさんはAがいなくても、正真正銘自分一人で、自分の世界を守ることができる人なんだろう。誰かをまるごと獲得しようともがくより、自分との接点だけを見つめて、大切にできる人なんだろう。

「じつはね、最近隠し撮りしてるの。ほらこれ、一人残業もせず、さっさと帰る瞬間のカーター。周りの非難の視線も気にせず、わきめもふらずに出口に向かう姿、かっこいいでしょ」

うれしそうにノゾミさんが見せてきた携帯の画像には、移動速度が速すぎたのか、残像の流線の姿でしか映ってないカーターが横切っていた。

「そうだ、みつ子ちゃん、このイベントに一緒に行かない？　チケット一枚余ってるんだけど。大手俳優事務所のファン感謝パーティみたいなイベントなんだけど、かっこいい若手俳優がわんさかステージ上に登場するの」

ノゾミさんの取り出したチケットは興行名が〝イケメン祭り〟だった。

「イケメン祭り……」

あまりに直截《ちょくせつ》的なネーミングに背筋が寒くなる。

「いやね、彼らはギャグで言ってるのよ？　ほとんど自虐っていうか、ふざけてイベントにこんな名前つけてるの」

「でも実際に内容はイケメンの祭りなんですよね。別にふざけてなくて、そのまんまじゃないですか」

「うん、その名の通り見栄えの良い祭りよぉ。チケット代、三〇％オフでいいよ」

「申し訳ないですが、私うまくノレるか分からないので……」

とりあえず来てみたらいいのにと残念がるノゾミさんに謝っているうちに、昼休みが終わった。


自分のデスクに戻ってくると、昼ご飯を食べて血液が頭から胃に移動した倦怠《けんたい》感と眠気、これから終業まで長い休憩がないという事実が合わさって、うんざりした。働き始めてからいままでほとんど毎日、味わってきた感情だ。入社したときのこの会社は、わりと体育会系で、女性の先輩たちもビシバシ指導するぞという意気込みに満ちていた。彼女たちの指導は好みによって少し偏りがあり、ターゲットとして見定めた新人相手に、学生時代のいじめを思い出させる、すっぱい弾幕を張った。

彼女らの視線を避け、生意気のレッテルを貼られないよう、しかしなめられないよう注意を払っていた私は、特に指導を受けなかったが、どうしても一人見逃してくれない先輩がいた。彼女は私が入社した当時から私にはつめたく、私が彼女とその同僚のグループの前を通りかかると、「のんきを装ってる」と私に聞こえるぐらいの音量ではっきり言った。先輩はぱさついた茶髪のショートカットで、筋っぽく痩せて、でもどこか残る野性味がわりと魅力的で、けっこう苦労してきた目をしていた。たしかに私はのんきを装ってるけど、本当は自分でもあつかいに困るくらい、激しい人間なのだ。周囲の人たちが気づかずに見過ごしている状況に、感謝しなくてはならないほど、実はやっかいな性質《たち》である。

なんとなく見逃されていた私を、彼女は許しはせず、こっぴどくやられた。彼女が多分彼女自身とは関係のない理不尽な理由で――苦労性の人間にはどこまでも迷惑をかけてくる身内か親しい知り合いがつきもので――ワケアリを匂わせながらひっそりと会社を辞めたときには、胸をなでおろした。同時に彼女の慧眼《けいがん》をあらためて、心の中で勝手に褒めた。一目見ただけで、人間の本質を見抜けるのは尊敬する。いじめの典型みたいに消しカス入りのお茶とか飲まされたけど、まあそれはそれ。これはこれ。

めざましい女性先輩たちは人生の展開が早くて、次々と辞めていき、残ったのはみそっかすの私やノゾミさんのような女の人たちだった。私たちは現場が発狂するくらい、同じミスを何回もくり返したり、辞表もののミスも一度や二度は披露してきたが、家に帰ってコンタクトレンズあるいは会社用の眼鏡を外して、泣いて寝たあとは、かならず翌朝出勤した。くり返してる間に、平気なことが増えてきて、ミスもなんとか寸前で避けられるようになり、ただ長く会社に居ただけながらも、後輩には新しい業務を教えるようになった。ミニお局はミニなりに、いばらないのが長所だ。数少ない後輩にも若干ばかにされてるくらいの、ちゃらんぽらんな湯温が、いまの私には心地よい。それでいて、私を見抜いたあの先輩に、ときどき会いたくなるから不思議だ。

辛い顔をしてないと頑張ってないと思われる日本社会は、息苦しい。仕事をエンジョイしているうちはまだ序の口と思われて、次々に新しい仕事が降ってくる。仕事は大変で、なによりも優先しなければいけないという共通認識があるから、面倒なことに関わりたくないときや単純に興味の無い出来事に巻き込まれそうになったとき、「仕事がいそがしいから」と言い訳すれば、言われた相手は文句が言えない雰囲気が漂っている。実際に死ぬほどいそがしいならいいが、好きな、やりたいことは何を差し置いてでもやるくせに、やりたくないことに直面すると「仕事が」と言い出す人は、私は嫌い。やりたくないのは人の気持ちだからしょうがないけど、仕事が、と〝社会に必要とされている〟自分をアピールしながら相手に文句を言わせない言い訳が聞き苦しいと思う。だから私はどれだけいそがしくても、できるだけ涼しい顔をしていたい。必要とされる喜びと利用される悲しみが混ざり合う「仕事」に、魂まで食われてしまいたくない。

*

イタリア一人旅の予行演習として、奥多摩の温泉へ日帰りで行く計画を立てた。

何度か荷物をチェックしているうちに、出発時間が予定より遅くなってしまった。単独で遠くへ出かけるときは、持ち物や身だしなみのチェックに力み過ぎて、かつ家から出るのがおっくうになってなかなか外に出られない。力み過ぎが原因でこういうことが起こりがちだ。グダグダの出だしに、なんとか盛り上げた気分が徐々に下がる。奥多摩は乗り換えこそほとんど無く、ずっと同じ電車に乗っていればいいだけだったが、さすがに遠く、駅に着く頃には夕方になっていた。田舎の山の近くで日が暮れてゆくと、電車の本数が少ないから焦る。地図を頼りに温泉を探して、人けのない奥多摩の川沿いを急ぎ足で歩いた。雨が降っていたせいで、川のあたりには霧が出ていて、山間《やまあい》の木々も相まって幽玄な光景だ。

温泉施設に着き、脱衣所で全裸になりながら、一人でうまく楽しめるか緊張していた。露天風呂からの美しい渓谷の景色を眺めつつも、私は息もできないほど緊張して、帰りの電車の時間を気にしていた。人と一緒にどこかへ行くときも、相手と楽しく今日一日過ごせるだろうかと、いくら気心の知れた相手にでも少し緊張はあるが、一人でも緊張するのはさすがに情けない。


まだ湯気の立つ身体で、帰りの電車を待つ間、土産物屋で山菜を買った。山菜で好きなのはじゅん菜だけだが、買ったのは蕨の詰め合わせだった。できれば奥多摩をバックに写真も撮りたいけど、自撮りする勇気がわかない。

乗り込んだ車内の前方には、私も知ってる、旅番組やグルメ番組でよくリポーターをしている藤堂広《とうどうひろし》がいた。会話を盗み聞きしてみると、スタッフを含む彼らは奥多摩でのロケの帰りらしかった。にぎやかなしゃべり声がこっちまで聞こえてきて、その声のなかにたしかにテレビでなじみのある、張りのある藤堂の声も混じっている。

やれやれ、ちっともリラックスができないながらも、なんとか一人旅を終えられた。熱いお茶を飲み、ほっとしたとたん、身体の疲れからくる眠気でまぶたが重くなる。

大きな笑い声で再び意識が戻ってきた。寝ぼけ眼のまま声の方を見ると、藤堂たちがさっき以上に盛り上がっていて、電車の中ではなく居酒屋のような雰囲気だ。

「さっきお菓子食べてたでしょ。おれにもちょーだい」

藤堂が舌を出して身を乗り出した先には、眠る前にはいなかった、途中で乗ってきたらしい、中学生らしき女の子がいた。彼女が鞄《かばん》から小さなスナックを取り出し渡そうとした。しかし藤堂は「食べさせて」とねだり、スナックを口に近づけられると、女の子の指ごと、べろっとなめた。短い叫び声、爆笑の渦。女の子の顔の表情までは見えない。

百歩譲って彼氏にやられたら、まだ笑えるだろう。

取り巻きたちは特別なリアクションも取らず普通に笑っているから、業界での合コンやキャバクラでは定番のネタなのかもしれない。でも中学生くらいの年齢の女子三人は彼らの合コン相手でもないし、キャバ嬢でもない。

その後も中学生たちが何か言う度に藤堂たちは卑猥《ひわい》な返しをして、戸惑う女子たちを笑ったりするので眠気は吹っ飛んでしまった。〝スナック食べさせて〟のネタもしつこいくらい繰り返して、藤堂だけでなく他のスタッフの男性にも、なめられると分かっていても差し出さなければいけない女子たちの指がふるえていて、こちらまでいたたまれない。

　情けないのは、スタッフのなかには女性もいるようで、一緒になってときどき笑っている。頭の中で何度も立ち上がり、「いい加減止めたらどうですか」と怒りに行く自分が浮かんだけれど、勇気を出せないまま、女子たちは逃げるように次の駅で降りた。散々芸能人風を吹かせた藤堂たちはしばらくしてから降りた。私は何もできなかった。


「苦しいよA。人間はなぜ赤の他人でもあれほど強烈な印象を残してゆくの。おかげで温泉で得たささやかな癒やしが、こっぱみじんだよ。一人で外出しても、なんの感情の波動も受けないくらい、平然としていたいよ」

「しょうがないですね。誰かといるときより、一人でいる方がアンテナが敏感に立つ性質《たち》ですよ、あなたは」

「一人でどこかへ行くときの弱点だね。日常とはイレギュラーなことをすると、かならず気まずかったり、孤独だったりする。なにも起こらなくてもぼこぼこにされたみたいな気持ちで家路につくことが多い」

「考えすぎですよ、さきほどの光景なら誰が見ても衝撃を受けますよ。いや、すごかったですね」

「夢だったらよかったのになぁ」

帰りに今日の夕飯の分の、うどんとエビの天ぷらとカットねぎをスーパーで買った。一人でうどんをすすりながらテレビを見ていると、バラエティにタレントたちが出演していて、流れているＶＴＲに合わせて、小さなワイプ画面で必死に喜怒哀楽を表現している。

＊

イタリアへ行く日がやってきた。自宅から空港まで送ってくれるタクシーの中でさえ、変に神経が高ぶって寝られなかった私は、いつもより早起きしたせいで目の腫れている顔で、大型スーツケースをトランクから引きずり出し、朝陽がやたら眩しい、巨大な空港を見上げた。

始まる。十二時間空中耐久レースが。飛行機は、世の中でもっとも恐れているものの一つだ。落ちるなんて思ってない。万が一にも落ちないし、テロの可能性も極小だろう。私は単に、ただひたすら、飛行機の〝今、空を飛んでいる〟という事実が恐い。

たった一人の親友が外国へ旅立ち、現地で結婚してしまったのも、私の人生軸から考えてみれば、なんの不思議もない、妥当な成り行きと思えた。唯一気の合う人がふと思いつくがままに日本を離れ、そのまま永遠に戻ってこない人生を送る。そんな人だからこそ私は仲良くできたのだろう。私の濃い人間関係は、彼女のほかに誰か取り出すとすれば、大学生の頃付き合った彼氏しかいない。あげく彼とは今は連絡が途絶えていて、お互い遠く離れて、元気にしてるかの噂すら耳に入ってこない。

イタリア行きの旅客機に乗って成田から上昇した私は、昼に出発して太陽と同じ方向に進むためいつまでも明るい窓の景色に少し安心していた。夜に旅立ち、あるいは機内で夜を迎え、真っ暗な夜空と暗く冷たく深い海に挟まれ続けてのフライトはどうも苦手だった。夜空はあんなに広いのに、わずかな面積にたくさんの人間が押し込められて飛んでいる光景を頭に思い浮かべると、どうしても異常な事態で、闇の大空で光る翼のランプが頼りなく思えて仕方がない。初めて飛行機に乗ったときは、落ちる落ちないは別として、上空一万メートルの場所にいて、ものすごい速度で移動しているのにもかかわらず、まるで地上にいるかのように食事をしたり、映画を見たり、毛布にくるまれて眠ったりするのが受けつけられなかった。今もしらじらしい小芝居を見せつけられてるようで、本当は平気じゃないくせに！と叫びたくなる。だから飛行機の急な揺れでグラスのなかの赤ワインがこぼれたり、機長のアナウンスに従って、乗客があわててシートベルトをつけたり、ＣＡが給仕を中断して自分たちも着席したりすると、がたがた震えながらも、どうだみんなようやく思い出したな、そう私たちは命がけで大空を飛んでいるんだ、いくら平気ぶっても現在地は空の真ん中で非日常の極み、死と隣り合わせなのだよ、と心の中で教え諭す。

そう、私は飛行機が恐い。シートベルトはサインが消えても締めたままだし、手には常に汗をかき、離陸時は窓からぐんぐん離れてゆく地上を見届けられない。しかし世界には一度は行ってみたい国があり、稀に行けるチャンスがあり、発達した近代の移動手段を使わずに死ぬのはもったいないと心が煽《あお》られる。祖父はついに海外へ旅をせずに亡くなった。行こうと思えば行けただろうから、あまり遠出を好まない性格に拠《よ》るものだとは思うが、海外旅行が当たり前の世代に生まれたわけではないのは確かだ。もっとさかのぼれば大航海で命を落としてもいい覚悟で別の大陸へ渡った時代の人間たちもいたわけで、いくらかお金を出せば気軽に日本を飛び出せる私が、たかが飛行機が恐いくらいでセルフ鎖国してどうする。イタリアにいる友人が、観光案内もするし泊めてもくれると言ってるのだから、行かなくてどうする。

あらかじめ神社で旅行安全のお守り、ピンク色で飛行機の刺繡の入ったもの、を購入して、目の前のテーブルのとっかかりに結んでおいたら、離陸のときにただでさえ、ズゴォという爆音とふわっと浮く感覚に包まれて恐いのに、お守りが斜めに傾きだして、視覚的にもいま飛行機がぐんぐん上昇していることを伝えてきた。地上では見られない、ありえない角度で宙に浮いているお守りが恐くて、もぎとるように外し、手の中でにぎりしめる。

飛行機に乗っている間中、Aは私を励まし続けた。

「フッ、一体なにが恐いんですか。まさかこの機体が落ちると本気で思っているのですか」

「思ってないよ、信じてる。大丈夫。だけど時々、不思議になるんだ。なぜこんな鉄の塊が空を飛べてるのかって」

「飛行機がどんな仕組みで飛ぶか、以前に散々調べたじゃないですか。結果、車よりも自転車よりも安全な、死亡例の少ない乗り物だと分かったでしょう。さ、あほらしいことにとらわれず、日本から持ってきたウォークマンで音楽でも聞きなさい。あなたは飛行機が飛ぶ際のゴーッと鳴る音に追いつめられるんです。聞きなれた音楽を耳に突っ込んでおけば、なに、すぐ眠れますよ」

Aの言う通り、イヤホンを装着し、眉根を寄せながら目を閉じたら、大滝詠一の「我が心のピンボール」が終わったあたりで、まぶたの向こうの明度が格段に落ちた。意識は常に鋭敏で、眠りまではたどり着かない。

目を開けると、公式なおやすみタイムに入る模様で、CAが開いていた窓のシェードを閉めに回っていた。眩しい陽の光、いつもよりもずいぶん近い位置で降り注いでいる太陽の優しく暖かい光が、布製のカーテンではなく引き戸式の完全遮光が可能なシェードで遮られてゆく。仄《ほの》かな明かりしかない機内で、私はあと何時間、これからずっと眠れずに縮こまっていなければならないのだろうか。麦わら色の髪をショートカットにしたCAが背伸びして、身体を折り曲げ、乗客に詫《わ》びながら、すでに客が寝てしまった窓側の客席のシェードを力を込めて閉める。彼女の履く黒いパンプスの高いヒールが床から何センチか浮いている。

いざ緊急事態となれば、あんな動きにくそうなおしゃれなパンプスは引っ込めて、いかにも走り回りやすそうな運動靴に即行履きかえるんだろう?と心の中で突っかかりながら、CAのパンプスのヒールの高さに安心してる自分がいる。それは私が機内のやせ我慢とみなしている類いのものだ。以前、ハワイ行きの飛行機に乗ったとき、席の手違いということで、なぜかエコノミーからビジネスへ席が移り、食事のまえに真っ白なテーブルクロスをＣＡが自慢げに小さなテーブルに広げたときにも同じく「やせ我慢だ」と思った。何十回と飛行機に乗って業務をこなしてきた彼女らが、あんなに自然に地上のキャリアウーマンと同じように高いヒールの靴を履いて、乗客に気を配りながら、狭い通路をそっと歩いている、その光景はこの場所が安全だとなにより証明しているように見えた。細かな揺れに怯《おび》えながら、乗客の要望に応えようとつま先の向きがくるくる変わるパンプスを眺め続ける。

視界の端にさっと光が差し、なにごとかと顔を上げると、前方の窓側に座る乗客が、窓のシェードを開けていた。顔も背格好も見えず手だけが、窓のシェードを押しのけている。私みたいにうす暗がりが耐えられなくなったのか、それとも飛行機マニアでこの時間帯にはあの地帯を通るからどうしても外を眺めたいとか、世界地図を膝に広げて、窓のシェードを開けたのか。うす暗い機内の中、切り取ったように明るいその窓から入ってくる陽光は、まるで夜だと騙《だま》されてきた私たちに真実を伝える朝みたいに説得力があった。光を飲み干すことができるなら、今そうしたい。あの光を身体に取り込んで、自分の内なる発光を頼りにして、このフライトを終えたい。

機体になにか擦れるような音と、ざりざりした振動が伝わる。シェードが開いている窓の外を見ると、光、真っ青な空、厚い雲。さっきのは、雲をけずる音だ。水蒸気の塊だと教わった雲は、触れることなどできないイメージだったけど、雲に飛び込んだ飛行機の翼は、まるでかき氷器みたいに、雲をけずっている。頭に思い描いていた天国の風景そのものの景色が、いまこの閉まった小さい窓から見えるはずで、私は機体を隔ててはいるものの、いま天国のど真ん中にいる。

夕食のサービスが始まった。食べている間も揺れていて、熱を浴びたトウモロコシの粒がポップコーンになったときみたいにサラダが飛び散る。赤ワインがプラスチックカップの縁ですらっと一周したかと思うとはみ出して、テーブルの上の紙ナプキンに暗い赤色の染みを作る。CAが大げさに顔をしかめて、がたつくワゴンを押さえ、すぐ側《そば》にいたCAと顔を見合わせる。日本人のCAなら間違いなく、しない動作だ。完全に泳ぎきった瞳で彼女を探すが、違うクラスにいるのか、前方にも、振り向いて確認した後方にもいない。

ガターンと、トラックが岩でも踏みつけたような衝撃が走り、軽い驚きの声があちらこちらから聞こえた。もちろん恐怖で声も出ない人間にとっては、悲鳴でも押し黙りでもなく、これほどの衝撃にも、まるで現場にいない観客のように、おっ、とだけ声を上げられる冷静な人間に驚く。衝撃はまだ続き、がたがた、がたがたと足元の床が鳴り、座席のひじかけにしがみついた手のひらに汗が広がり、表面張力のようにひじかけとくっついている。もう食事どころではない。この世の最後の食事だとしても、目の前のミートパスタの完食は不可能だ。

「A、A」

声に出せず頭の中で呼ぶ。あのCAがいない以上、ほかに日本人の搭乗者はいるが知り合いが一人もいない以上、いま日本語で話ができるのはAだけだ。

「はい、なんでしょう」

「なんだその軽い返事は。おやつ食べてた人間がいきなり呼び出されて、ビスケットの粉を口の周りにくっつけたまま、ひょいと顔を出したような声は」

「すみません、いきなり呼び出されたもので。どうしたのですか？　といっても、あなたは私なので事情は知っていますが」

Aに返す言葉がすぐに出て来ず、ショートした頭のまま、まだまだ続いている振動に脳の芯がこれ以上揺さぶられるのを全力で拒否する。

「こわい。A、助けて」

「ある程度快適に過ごすための助言はできますが、根本的に助けるのは無理ですね。いまの状況であなたを救い出せるのはパイロットしかいないでしょう」

「パイロットが何人《なにじん》で何語しゃべるのかも分からないよ。そんな人、遠すぎて頼れないよ」

「名前はジャン・アッカルディです。最初の機長アナウンスで名乗っていました。そしてイタリアの航空会社なので、おそらくイタリア人じゃないでしょうか」

「そんなのどうでもいいよ、もう、ただ助けてって言ってるのよ。パニック寸前なの、泣くかもしれない」

「もしあなたが泥酔状態で深夜の繁華街の閉まったファッションビルのエントランスの階段に座り込んだりしていれば、私は叱咤《しった》してでも、危ないからとあなたをその位置から動かしてタクシーに乗せるでしょう。またあなたが飛行機に乗るのではなく、スキューバダイビングにでも挑戦するつもりでいるなら、あなたは高すぎる場所や海の底なんかに行った場合、とっさに恐怖におぼれる可能性があるからやめておいた方がいいと事前に助言したでしょう。しかしあなたはやむを得ない事情で飛行機に乗り、海外まで出なければなりませんでした。また飛行機は安全性から言っても、どの乗り物より信頼して乗れる移動手段で、あなたの選択は間違ってません」

「分かった、もういい。一人で戦う。さよなら」

「一つだけ聞いてください、これだけは。そんなに揺れてません」

「は？」

「揺れてないんです、言うほど。ほかの乗客はやせ我慢しているのではなく、本当に恐くないんです。自分の知ってる飛行機の揺れる範囲から逸脱してないから。ほら、地震でも静かな自室でじっとしてれば震度1でも、もしかして揺れたかな？と敏感に感づくけれども、街を移動したり、人と話をしていると、震度3くらいなら気づかないでしょう。あれと同じで、あなたはいま揺れに全神経を集中させているからこそ、ちょっと振動があっただけで、じわっと手汗がにじみますが、お酒を飲んでできとうに酔っぱらったら、あなたがいままで全身のレーダーを使って感知してきた揺れの四分の一程度しか揺れてませんよ」

　飛行機が下降したのか、身体が一足遅れて座席に到着するような、ふわっとした嫌な浮遊感が主に臓物を襲った。一瞬の不快な無重力状態に、お腹の中の胃袋が不安そうに腸と囁《ささや》きを交わす。

「いまのも他の乗客は気づいてないっていうの？」

「気づいてませんよ、通路を挟んであなたの右隣の人、わき目もふらず小さい画面で映画を見てるでしょう？　さ、一度立って歩いて身体を動かし、トイレで用を済ませてきましょう。そしたら、かちこちに固まった身体もほぐれるはず。あ、歯みがきセット。忘れずに持ってゆきましょうね」

　立ち上がろうとして気づいたが、たしかにシートベルト着用のサインすら点いていない。ひどい揺れならこのサインはまっさきに点灯しているはずだ。いつの間にか座席の下の奥深くにもぐり込んでいた薄いスリッパを引きずり出し、乗り始めの頃は塵《ちり》一つ無かったが、いまは乗客が落としたゴミがいくつか散らばっている狭い通路を歩く。歩いていると、たしかに自分自身が揺れているので、飛行機の振動は気にならないというか、分からなかった。ときどき通路をただ歩いて戻ってくる乗客がいるが、あれはエコノミークラス症候群予防だけではなく、恐怖感の軽減を狙っているのかもしれない。

　Aにそっと感謝しつつ、気が付けば歩きながら乗客たちの個々の小さな画面を盗み見て、みんながどの映画を観ているか観察する余裕も生まれていた。

　ゆっくり眠るために、また大滝詠一を聴くことにした。アルバムのファイルがいくつかあるうちの、「A・LONG・V・A・C・A・T・I・O・N」を選んで再生ボタンを押した。「カナリア諸島にて」が流れてきた。

　薄く切ったオレンジをアイスティーに浮かべて

海に向いたテラスで
ペンだけ滑らす
夏の影が砂浜を急ぎ足に横切ると
生きる事も爽やかに
視えてくるから不思議だ
カナリア・アイランド　カナリア・アイランド
風も動かない

溶けた熱いバターで、うすくひきのばした夏が、コルクの蓋のガラス瓶に永遠に閉じ込めてあるような音楽。ジュースの入ったグラスから伸びるストローをくわえながらチェアでうたた寝する、脱力の楽園のメロディー。ようやく肩の力が抜けてすうっと眠りに入ってゆく予感がした。

しかし、予感だけが先走り、二十分経ち、三十分経ち、すっかり絶望したあと十五分くらいだけ意識を手放すことができた。覚醒の茨《いばら》の森のなかをさまよい、木々の太い根につまずいて転び、後頭部を打ってしばらく気絶していた、くらいの短い眠りだった。ちょっと揺れるだけでやっぱり起きてしまう。上空一万メートルを飛んで移動中という現実を無視して、まるで自分ちのベッドで寝てるみたいにふるまうのは、私には不可能だ。なんて長いフライト。果てしなく続く空の旅。

ようやく地上の猿まねの〝睡眠時間〟が終わり、さあ朝だ、みなさん起きたまえと言わんばかりに、しらじらしく機内に再び明かりが点いた。本当に眠っていた人たちはアイマスクをとって、あくびをしながら伸びをしたりして、やってきた朝の演出に一役買っている。すべての窓もシェードが開けられ、ついさっき照り始めたかのような太陽の光が機内に差し込むが、太陽とともに移動しているこの飛行機の外側は、常に光にあふれていたはずだ。

やっぱり暗くて静かより、みんな起きてて明るい方が圧迫感が無い。にせものでも朝が来て良かった。イヤホンを外して首をゆっくり回すと、寝不足と緊張で痛めつけた脳は泥がつめこんであるくらい重かったが、夜食のサービスが始まり、クロワッサンやコーンスープの香りや食器を置く音に癒やされた。食べながらも、いくつもの飛行機事故のケースが頭をよぎってゆく。

「私は見るなと言ったはずですよ」

私は航空機事故関連のニュースや詳しい記載を読むまえに、一応Aにお伺いをたてたのだった。やっぱりこういうのを旅行のまえに読むと、こわくなっちゃうかな？　Aは、まぁ用心のため控えておいた方がいいでしょうねと見解をしめした。しかし海外旅行前々日のハイを迎えていた私は、興奮ぎみで眠れず、本番で飛行機に乗るときには平気だろうと思って、明け方にかけて世界各国の飛行機事故を調べまくってしまったのだ。

ガコンと、椅子がいきなり後ろに引かれたような鋭い落下の衝撃が走る。今までにない、強い揺れだ。小さな悲鳴が上がり、素早く目を走らせると、ワインを飲んでいた客がさきほどの衝撃でこぼしてしまったみたいで、紙ナプキンで襟のあたりを拭いている。ああ、まだ揺れている。飛行機は何に同意しているのか、激しくうなずき、ちょっと緩やかになったかと思ったら、また深く首肯しだした。もうこの機体を止めることはできない、大きな翼は、ちゃちな大きな板をぱたぱた動かして、なにやら調節している。こんなもので本当にバランスが取れるのか。

乗客たちはまだのんきに食事を続けているが、さっきの衝撃で窓の外に目をやる人間も多い。私はクロワッサンを千切り一口食べただけ、酸っぱいオレンジジュースを一口飲んだだけで、朝食は終了している。添えられているバターの個包装が憎い、ゆっくりパンにバターを塗る余裕なんて、あるわけない。

めまいのする、スイング、スイング。オクトパスと名前のついてるアトラクションに乗ってるのかと思うくらい、機体は安定せず波線を描いて飛ぶ。ゆるい吐き気、食べ終わった乗客の食器を片づけていたCAたちの動きもいったん止まる。外は快晴、雲に突入したわけでもないのに、食事タイムにするくらいだから安定した気流とされてる場所を通過中のはずなのに、ひじかけにじっとり汗がにじむほど揺れる。

搭乗してから八度目のトイレへ行く。通路はふらつきながら歩けたが、歯はうまくみがけないだろうなというほど、床はがたがた、用心深くおろしたお尻に、便座が固く冷たく感じる。

トイレから戻っても、まだ張りつめた空気は去らなかった。ふいに途切れた朝食のなごやかな空気が宙吊《ちゅうづ》りのまま、静かな機内で乗客がシートベルトをつける、カチャカチャという音が響く。赤ん坊が不満げな、間延びした泣き声を上げる。たしかに気圧の変化で耳にはコルクで栓をしたような圧力がかかっている。私だってあと三十歳若ければ泣き叫んでいた。

機内放送が流れる。ただでさえ英語が不得意でリスニングで置いていかれ、過去の二回は機長が不明瞭な発音でアナウンスするので、聞き取れたことなどなかったのだが、奇跡が起きて、なんて言ってるか分かった。

「地上が混んでいてすぐに着陸できないので、飛行場の上空を旋回しています」

聞き取れたのは異常な集中力もあるが、以前同じ放送を違う飛行機のなかで聞いたことがあったからだ。日本語のアナウンスがその後に続いたから、簡単に理解できた。

しかしあのときは雲の下で、空港の上を旋回しているのが目視ではっきり分かった。しかも飛行機が旋回しているのも飛行のカーブの多さで分かり、酔って気分が悪くなった。いまみたいに、まっすぐ飛びながら雲の中から出たり入ったりしてはいなかった。明らかに変だ。同じ状況でこうも飛行機の飛び方とは違うものなのか？　待機したいエリアにたまたま雲が多いとか、以前のときより大きな円を描いて旋回しているから気づかない、などの理由がある？　乗客のため息が聞こえた。なぜ私は、かつていくら揺れても彼らがリラックスした表情をしていたとき、いらだったりしていたのだろう。私以外の全員が平静である方が、空気としてはよほどましだった。いまはお通夜状態、どの顔を見まわしても、顔面蒼白《そうはく》とまではいかないが、口をつぐんで不安そうに窓の外を見やったりしている。

だめだ、耐えられない。気を失いたい。叫び出しそうだけど、もし叫んだらパニックになる。周りの人たちに迷惑をかけ、それでも自分を抑えられなくなる。もういっそ先に死にたい。自分の意志で一瞬で死にたい。

　遠くから声が聞こえる。私に語りかける声。遠くにいるCAじゃない、自分の心の奥から聞こえる、恐怖が飛び出してから、ずっと奥へ押し込まれていたAだ。

「とりあえず音楽聴きましょう。うまくいくはずです。大音量で、さあ早く」

「ぜったい無理。意味ないし」

「実行してください。いまのあなたが音楽を聴いたところでなにか困りますか？　ほら、私の指示にしたがってウォークマンを取り出してください。そう、あなたの上着の右ポケットに入ってます」

　ふるえる指でイヤホンのコードをほどき、両耳ともに押し込んで、再生を押す。警告音をけたたましく鳴らしていた脳内に、搾りたての初夏、青春そのものの鮮やかな音色で「君は天然色」が流れてきた。

　くちびるつんと尖らせて
　何かたくらむ表情は
　別れの気配を　ポケットに匿《かく》していたから
　机の端の　ポラロイド写真に話しかけてたら

過ぎ去った過去《とき》　しゃくだけど今より眩しい
想い出はモノクローム
色を点けてくれ
もう一度そばに来て
はなやいで　うるわしのＣｏｌｏｒ　Ｇｉｒｌ

楽園が目の前へこぼれだしたように、目の前でくり広げられる騒々しい狂った世界に急に色がつき、鮮やかに人間物語として甦る。底抜けに明るくて懐かしい、タンバリンの音がさざめく光の渦に耳から飲み込まれたら、ただ静かに涙だけが流れた。尋常じゃないほど揺れている状況で、柔和な顔色を崩さないＣＡも、あわててる乗客も憤慨してる乗客も大滝詠一を聴きながら声を出さずに泣いてる自分も、そのあり方すべてをすごい速さで受け入れてゆく。良かった、たとえ五分後に死ぬとしても自分は状況を受け入れて、目も覚めるような鮮やかなレモン色の美しい曲を耳に直接流し込みながら死ねるんだ。悔いなし、悔いなし。ただしパイロット、お前はだめだ。いま真剣に状況を立て直そうとしてるのか、副操縦士と一緒に肩をすくめているジェスチャーをしているのか知らないが、反省しなさい。

窓の外では雲が泉のようにわき出して、次から次へ生まれる。強い風が吹いている。この涙など粒になって遥《はる》かかなたへ、私の身体はこの世で一番軽いものになって、高く高く天空へ舞い上がる。

「ただいま大きな揺れがありましたが、飛行にはなんの問題もありません。引き続き空の旅をお楽しみくださ い」

アナウンスが入った。日本語だ。

「繰り返します。地上が混んでいるので、連絡が入るまで旋回しています」

涙を流しながら呆然《ぼうぜん》としている私を、驚いた顔で眺めるだけで何も話しかけずにCAが横の通路を通り過ぎてゆく。長袖の袖をひっぱって涙を拭く動作は幼すぎると分かっていても、ついさびしいときは、やってしまう。

内臓がかっ飛び、身体に遅れて元の位置に着地する。胃は飛行機のアップダウンに合わせて、ハミングしてスキップしている。どうして恐怖に包まれると、世界がいきなり狭くなるのだろう、一秒が永遠に感じられるのだろう。前々から自分の時間の感覚は気分に応じて変わり過ぎると思っていたが、手に汗にぎり始めてもう小一時間は経ったかと思うとまだ七分しか経ってなくて、イタリアの遠さに絶望する。スピード、スリル、固く萎縮《いしゅく》した身体、ビビリの自分が情けなさ過ぎて、それこそ飛行機の外に放り出してしまいたい。外面に出したらもう完全に理性を失ってしまいそうなので抑えてるけど、内面は明らかに大パニックだ、暴風雨が吹き荒れている。それとも抑えられている時点でパニックではないのか？　ああ、また揺れた、ちくしょう！

「か、勝手に揺れてろ……」

覇気《はき》のない捨て台詞《ぜりふ》を照明の消えた機内でつぶやきながら、やけくそで貧乏ゆすりを繰り返す。隣の客がこんなだったら嫌だろうなと思いつつ、隣を盗み見ると、インド人ぽいおじさんは眉をひそめたまま目をつぶり、石像のように動かない。

いままでになく激しい、整備されていない道路を走る、タイヤの空気が抜け気味のおんぼろトラックに乗っているかのような揺れが機内を襲った。いま空の上にいなくて藁《わら》をつんだトラックの荷台に寝そべり、日よけの麦わら帽子は顔にかぶせて、じゃがいも畑の間の一本道を、すきっとした青空の下を進んでいってるならどれだけいいか。地面が恋しい、いまなら土にほおずりしたい。ミミズとキスをしたい。雲は見上げるものだ、横に並ぶものじゃない、飛行機こそ飛ぶバベルの塔、人類の罪の象徴だから、いつか雷《いかずち》が下る。

ガタン、ガタン。息もできない、轟音《ごうおん》がしてギューッと後ろに引っ張られる圧力が身体全体にかかり、シートベルトが腹に食い込む。航空事故から生還した女性の手記で、落ちる瞬間はジェットコースターのようだったと書かれていた、髪の毛が全部後ろに引っ張られて逆立ち、耳の上の皮膚が痛い、と。墜落事故の死因はシートベルトが身体を二つに切断してしまうことも多く、ハラキリとか呼ばれてて、あああ、あああ。

引っ張られる力が後ろから急に前へ傾き、頭が前後に揺れ、恐怖にしびれている頭でも飛行機が着地したのが分かった。いつの間にか、地上にいた。ひさしぶりに見た窓からは飛行場のアスファルトと近づいてくる整備士が見える。機体を隔てていても、脚の下にはいまイタリアの地面があるのだ。

着陸した旨のアナウンスが流れ、荷物を取り出したくても脱力して立てない。空の旅がこれほどまでにスリリングなものだったとは。いままでの私の搭乗経験はとんでもなく恵まれていて、これほどの悪フライトをも通常運航に含まれるほど、空の旅は快適さに幅があったのだ。もう飛行機には今後いっさい乗れないかもしれない。

機内アナウンスが終わると、どこからか拍手が聞こえた。またたく間に乗客たちが拍手喝采し、日本人の乗客もワンテンポ遅れてから続いた。私ももちろん手のひらが痛くなるほど大きな拍手をする。パイロットを称《たた》えるための拍手ではなく、万国共通の皮肉だ。あんなへったくそだったのに、どうにか無事着陸できて良かったね。我々がどれほど肝を冷やしたか分かるかい？　この拍手がコックピットまで響きますように！

良かった。だれにとっても最悪のフライトだったんだ。その確認ができたことだけがうれしくて、足元をふらつかせながら飛行機から出て空港ビルまでの廊下を歩いた。イタリアは夜、気候は日本より寒い気がするが、完全に外気に触れたわけではないので分からない。飛行機を降りて違う国を歩き始めるときの昂揚《こうよう》感は、溜まった疲れを吹き飛ばす。また自分の荷物が流れてくるのを待つあたりで急速に疲れと眠気が戻ってくるのを知っているが、初めての国を踏みしめる第一歩の感覚は、はるばるやってきたかいがあるほど、身体の全細胞が活性化する。

出口では友人の皐月が無表情で突っ立っていた。彼女の姿を見つけた私は跳び上がって手を振り、スーツケースの車輪をねじらせながら急いで駆け寄ったが、彼女はまばたき一つだけして、

「おつかれ」

と声をかけて、私のスーツケースの取っ手をさりげなく持った。私は驚かない、日本にいたときも彼女はいつもこんな調子だった。大学のときからショートカットだった

が、いまの彼女はさらに髪が短くなってベリーショートにしている。昔ながらの彼女の小づくりのパーツが整った配置で並んでいる顔を見ると、いままで凝り固まっていた緊張が一気にほぐれた。和顔の彼女は、百人一首の一員に加われば、さぞ良い札になるだろうなぁと思わせる、平安顔だ。しかし湿っぽさや情念の気配はなく、近代的な平安顔で、私は彼女の顔立ちがとても好きなのだ。大学で同じ美術サークルだったとき、相手の顔を似ている野菜で描く課題が出たことがあり、私は彼女を白菜として描き、彼女は私をごぼうとして描いた。他の女子の組は、トマトとかプチトマトとか、やたらトマトが多かったから、私たちは逆に目立ち、部員たちから似てると好評だったが、お互いちょっと複雑な気持ちになった。

彼女の隣にいた夫のマルコは、背が高くて巻き毛の黒髪が美しく、彫りが深くて送ってもらった写真で見るよりもさらに男前だ。色黒の彼と軽く抱擁するとほのかに煙草の香りが漂った。

「飛行機がめっちゃ怖かったの」

「そうみたいだね。あんたより先に出てきたイタリア人の乗客が、家族に身ぶり手ぶりを加えて〝ありえない〟って話してたよ」

「ほんと、ありえなかったんだよ。一体、上空でなにがあったのか、ってレベル。台風でも来てたの?」

「いや、今日は普通に晴れてたけど」

「じゃあきっと異空間を飛んでたんだね。そうとしか思えない。イタリアだね、本当に着いちゃったね。見て、両替の受付のおばさん、あんなぎりぎりまで胸の谷間見せてるよ」

空港を出るとマルコの車のトランクに私のスーツケースを積み、ローマの郊外にあるという二人のアパートに向かった。車は走るというより飛ぶと形容した方がしっくりするほどのスピードで、ハイウェイを駆け抜けてゆく。いくら道路がすいているといっても、タイヤが地面から浮きそうなスピードだ。

「イタリアの人は車をとんでもなく飛ばすの」

おもしろいように次々と通り過ぎてゆく道路脇の街灯を眺めていた私の視線に気づき、皐月が小声で囁く。

「フェラーリやアルファロメオの国だからね、F1のレースも世界でいつも一、二を争ってるし、国民全員がスピード狂なのよ。イタリアの車の交通事故は死亡率がすごく高くて、ぶつかったらほぼ即死。こんなハイウェイでスピードを出すのはまぁ分かるけどね、通行人が多くて路駐のせいで道幅の狭い、交通量の多いローマの市街地でも飛ばすんだから、たまったもんじゃない。この前ローマの街の真ん中で事故現場を見たんだけど、乗用車がくるりとひっくり返った姿で道路に転がってて、フロントガラス全部割れてたんだよ。どうやったら街の真ん中で宙返りできるほどの事故を起こせるのか不思議」

「興味深い話だけどね、皐月、とりあえず車降りてから聞くわ」

お腹の底がすうすうして、思わずシートベルトにしがみついた。

皐月が事実を言っているのか、それとも私をからかって話を盛っているのかの判別も、余裕がなさすぎてできない。

オレンジ色の街灯が隙間のありすぎる間隔で点々と続く道を窓から眺めている。広くて人通りのまったくない道路、速すぎるスピードで横を通り過ぎる車、見晴らしが良すぎて人工的に植えた街路樹しかないのに、野生動物が道路に飛び出してきそうな、砂漠に似た野性的で殺風景な風景。どうして空港近辺の道路は、どの国もこんなに似ているんだろう。

アパートに到着して、皐月たちの住む六階に着くと、マルコが何かの錠前の鍵かと思うくらい、非常に懐かしい簡素な形の鍵を取り出して、ドアの鍵穴にはめ込んだ。ガチャガチャと回すがなかなか開かず、ドアノブを持ち上げたり揺らしたりしている。

「イタリアの鍵はどれも古くてドアごとに癖があるから、慣れないと開けられないのよ。慣れてもこんな風にうまくいかないときもあるけど」

皐月が笑いながら言い、ようやく開いたドアの向こうでは、マルコの両親と思われる老いた男女二人が笑顔で私たちを待ちかまえていた。

「ピアチェーレ、イオソーノ、みつ子、黒田」

イタリア語会話の本に載っていた通りの、初めまして、私は黒田みつ子ですと言いながら、マルコとしたのと同じように照れながら、相手と軽く抱擁し、頬の近くでキスの音を出した。玄関で靴を脱ぐ文化もなかったが、玄関先のマットで皐月が靴についた泥を丁寧にこそぎ落としてるのを見て、私も真似《まね》してから家へあがった。日本の家より天井は高く、キッチンが広く、リビングの壁にたくさんの油絵が飾られていた。クローゼットやテーブルといった調度品はさすがに精巧な彫刻の施されたアンティークで、何代も前から大切に使ってきた雰囲気だ。

「うちの家族だけど、マルコはマルコ、義母はマンマ、義父はパパ、おばあちゃんはノンナって呼んでね。いつもは私たち夫婦と義理の両親で住んでるんだけど、クリスマスだからノンナが来てるの。みんなはみつ子のこと、ミッコって呼ぶね」

リビングのクリスマスツリーは本物のモミの木で私より十センチほど背が高く、飾りは青と白で統一されて美しかった。賑《にぎ》やかで楽しく、赤と緑のイメージが強い日本の家庭のクリスマスツリーと違って、銀色の珠《たま》の飾りや青く光る電飾の連なりが神聖な雰囲気だ。木の鉢の周りにはすでにたくさんの大小のプレゼントの箱が並び、その一つ一つに誰宛てか記したカードがくくりつけられている。量からして一人一個というわけではなく、複数もらえる上、大人も子どもも平等にもらえるようだ。プレゼントの放つワクワク感がこちらにも伝わってきて、皐月のアドバイス通り、これからステイさせてもらう家族へのプレゼントを日本で買ってきて良かった。

言葉は通じず見た目も違うものの、イタリア人の夫婦にも日本の夫婦と同じように、長い時間の積み重ねが見てとれた。老夫婦のちょっとしたやりとりで、相手のなににうんざりしているか、顔に深く刻まれる皺で理解できたし、また反対に、二人の間にいつまで経っても飽きのこない永遠の鉄板ジョークが飛び出した瞬間も、二人の双子のようによく似た笑顔と肩をすくめる動作で推察できた。古い食器が、真ん中のへこんだソファが、家の歴史を物語る。

しつこい時差ぼけのせいで夕方から眠くなり、ゲスト用のベッドで眠っていると、玄関が急に騒がしくなり、部屋を出るとマルコの親戚たちが到着していた。寝ぼけたまま暗い部屋から廊下に出ると、玄関の、黄色い薄紙でランプを包んだような、やわらかい明かりの下で、三人の客が、抱き合ったり笑顔で話している。靴を脱ぐ必要のない敷居のない玄関も、抱き合って客を迎えるしぐさも、飛び交うイタリア語も、すべてなじみのないもので、腰が引ける。皐月が私の背を押し輪のなかに迎え入れて、客たちを紹介してくれる。イタリア語で挨拶され、なんと言っているか分からなくてあいまいな笑顔でうなずき、おそらくマルコの叔母と思われる女性と抱き合うと、彼女のコートを寒い外気の膜がまだ包んでいた。一人子どもが混じっていて、小学生くらいの男の子は大人が私を躊躇なく抱擁したのとちがって、抱擁の挨拶の習慣がない日本から来た私とおなじくらい気まずそうな顔をして、抱擁を避けた。

リビングでは暖炉がもえていた。火にほんのすこし、近よって眺めていただけで、ほっぺたが水気をうしない、皮膚がこわばり熱くなる。ほっぺたがオレンジ色にてかてか輝きはじめた気がして頬をこすった。

キッチンではマルコのマンマが、料理を作っている。パンにこってりしたパテをぬりつけ、火にかけたフライパンのうえで煮立つ、赤黒いソースの味つけをしている。

マンマは黒い膝下のスカートに胸の谷間がかなり深いところまで見える白いカットソーを着ていて、肩回りや胴は肉がついているが、足はほっそりしていて、足首がきゅっとしまっていた。そして家用のサンダルを履く足のサイズはとても大きかった。

皐月も細い足に、白い毛がふかふかした巨大なスリッパを履いている。

シンクに溜まってきた汚れた食器を洗おうとすると、マンマは、お客さまはそんなことしなくていいから、と、私になにもやらせなかった。こわい顔をして、顔のまえで人さし指をふるほどの、断固とした断り方だった。お客さまはすることがないので、皿でも洗っていた方が気楽なのです、と思いながらも、あいまいな笑顔でひきさがる。

大人数での晩餐《ばんさん》が始まった。二つのテーブルに分かれて席についたが、どちらも同じくらい騒がしくイタリア語が飛び交っている。料理を盛った皿を食卓に運び終わると、みんななんの前ぶれもなく食べ始めた。

一皿めの海老のトマト煮込みは、トマトの酸味が海老の髄まで染み込んでいる。からつき海老だったので、指をまっかにそめながら手でからをむいた。ぷりぷりのむき身は、細かくきざんだパセリやにんにくも入っているトマトソースにつけて食べた。美味しいと言うと、皐月が訳し、マンマはどんどん食べろとジェスチャーをした。山盛りの海老を食べて、小皿から海老がらがあふれる。

食卓のうえではイタリア語が飛び交い、男の子と私を除く全員が、話題をおたがいが奪いあうように、人の話が終わらないうちに、つぎつぎと口をつっこんで会話している。男の子の進学問題について話していたところまでは、皐月が通訳してくれたからついていけたけれど、イタリアの政治の話題になってからは、みんなが熱中して口々に話すせいで通訳が追いつかなくなり、また皐月自体が会話に参加しだしたため、内容が見えなくなった。

親族たちの、食べるときの姿勢はまっすぐのまま、うつむかずに、視線だけ皿に落とすときのしぐさが似ている。目を伏せたときのまぶたの、目玉のカーブに沿ったふくらみ具合や二重の幅の大きさが似ている。日本人の私は彼らほど眼球が大きくない。

自家製のフォアグラのテリーヌは、こってりしてべたついてとけかかったチーズのかたまりみたいで、食べるとたしかに後味はフォアグラだけど、ちょっとなまぐさい。きっと量が多すぎるのだろう。皿のうえの大きなひとかけらのかたまりは、フォークでけずってもけずってもなくならない。

メインディッシュのステーキがでてきたとき、すでにお腹がいっぱいだった。前菜でお腹を満たしてしまうなんて、映画の予告編で感動して泣いて、そのままつかれて眠ってしまうのと同じくらい情けない。ほかの人たちは旺盛に食べている。私は炭酸水を流しこみ、胃を冷やしてから、メインにとりかかった。ローズマリーの葉をまぶした牛肉のステーキは、ほかのハーブや塩やこしょうの下味がしっかりついて、文句無く美味しい。でも日本でなら普通寝ている時間の胃には、こっくりと重い。消化するほどの力量、いまないよ、と胃が力なく答える。Aだけでなく、胃までしゃべり始めた。胃は無責任な臓器だ。ぐうぐう自己主張は激しいくせに、ここぞというときは無責任だ。

ようやく皿を空にしても、マンマは「マンジャ、マンジャ」と呪文のような言葉を唱えてまた新たにお代わりを勧めてくる。笑顔で応えつつもお腹ははちきれそうで、いつもは引っ込んでいるへそが押し出されて出べそになりそうだ。

何種類ものチーズが載ったお盆に、気づかないふりをしていたら、マンマが全種類をちょっとずつ取って、私の皿をチーズビュッフェにしてしまった。こってりとした白くとろけるチーズの断面に、頭がくらりとする。食べすぎで貧血を起こしそうになったのは初めてだ。

「イタリアではこんなに食べるのが普通なの？　みんなあんまり太ってないのに」

「普段から結構食べるけど、今日はイブだからみんな特別つめこんでるね。あんまり無理しないでいいよ」

皐月はそう言ってくれるが、マンマは皿の余白を見逃してくれない。

みなさんお酒の量も相当で、赤ワインの瓶が次々空いてゆき、中盤からはグラッパというアルコール度数が段違いで高い酒瓶も登場し、ちょっと飲んでみろとパパが勧めてくるのでちょびっと舐めてみたら、舌先が痺れるほどのアルコール度数だった。顔をしかめた私のリアクションにイタリア人たちが手を叩いて喜ぶ。

ココアパウダーがふんだんにかかっているトリュフチョコを一粒口に入れると、チョコが甘い泥になり、さっきまでの食事で傷ついた舌や口内の小さな傷にしみる。カロリーの取りすぎで消化のために身体じゅうの血が全部胃に集まって手足がつめたくなった。これでおしまい?と皐月に聞くと、まだケーキとフルーツポンチがある、と返ってきて、目の前に星が散り出して反射的に席を立った。食べ物にKOされる感覚は初めてだ。まだコースが済んでいないのに席を立つのはマナー違反だと分かっていたけれど、ナプキンをひざから外し、廊下の奥にあるバスルームに入った。

後ろ手でドアを閉めると、食べ物のにおいとイタリア語が遮断できてほっとする。バスルームは静かで清潔で、クリーム色のタイル張りの床と黄色っぽい明かりがやさしい。イタリアに着いてから、日本の蛍光灯のような、強く白い明かりを見ていない。浴槽とトイレと鏡つきの洗面台があって広く、洗面台は木製の三面鏡で、住人の歯ブラシやドライヤーが置いてあり、シンクは陶器でできている。

壁際には白くて硬いパネルヒーターが設置してある。アコーディオンのようにじゃばらになった部分に触ると、やけどしない程度に熱く、温風が出てはいないけれど、その存在で空気をあたためている。朝か昼に使った紺色のタオルが、乾かすためにヒーターに掛けられていた。タオルは浴室の空気にもやもやと溶けていきそうな色だ。日本だと紺色はもっとくっきりした、どちらかというと地味で礼儀正しい色なのに、どうしてこの国では霧を溶かして混ぜこんだような色に見えるのだろう。そういえば、私の着ているパールピンクの薄手のセーターも、日本ではほどよく光沢のある上品なピンクに見えたのに、この国では光沢は消えうせて、ただのうすいピンクに見える。浴槽の隣にあるトイレの便器に座りこむと、お腹が重くなったのを感じるのと同時に、少しずつ悪寒がおさまってきた。

一人になるとずいぶんほっとした。人酔いしてしまったらしい。イタリア語に囲まれて、いつの間にか息ができなくなっていた。

便座に座り、指を組んだ両手を額に押し当て目をつむると、いつの間にか祈りのポーズになった。爪のあいだから海老のにおいがする。日本はいま朝。寝不足でひりひりした目玉に、まぶたの内側のしめりけが心地よい。手足の冷えも、食べ過ぎたせいで張っているお腹も、落ち着いてくる。

ほんの一瞬の幸せじゃなく、小さくてもずっと感じていられる確かな幸せを探し求めてきたはずなのに、私はまだ見つけていない。心配ごとがいつかすべてなくなる日なんて来るのだろうか。どうして私は、いつでも不満なことがあるのだろう。課題がいつも視界を塞いでいる。ちょうど目の高さに掲げられた真正面のカードをにらみ続けている。

一本足のカード台に載せられたそのカードは名刺くらいの大きさで、語尾にクエスチョンマークつきの短い問いが書いてある。

答えを解いてそのカードが引き抜かれても、後ろからまた新しいカードが出てきて、またすぐ問題を解決しなきゃいけない。便座でおしりを冷やしながら、眉間《みけん》に皺を寄せ、カードに顔を近づけている。

問題が解けてうれしいのは、古いカードがひっこみ新しいカードが見えるまでの、ほんの一瞬だけ。つぎからつぎへとカードが出てくるから、目のまえの問いかけに夢中で、バスルームから出て行くことすら忘れている。いつかはカードが尽きて本当のゴールにたどりつける日が来る、これだけ努力したんだから来ないと許さない、と押し付けがましい希望を持ちつつ、解き続けている。いよいよ辛くなってきて、Aの力を借りながらなんとか一日を無事に終えている。けれど根本的に生き方を変えないと、いつか破綻《はたん》してしまうだろう。本当はカードが尽きる日なんて来ないことに、うすうす気づき始めている。

バスルームから帰還して、リビングで皆に混じってイタリアの紅白歌合戦に当たる歌番組を見ていると、カウントダウンが始まり、十二時が過ぎた。

「ブォン　ナターレ!!」

とイタリア語でのメリークリスマスを言い合って、歓声を上げて盛り上がり、さっそくクリスマスプレゼントを開ける。

私が原宿のキディランドで買ってきたアニメやサンリオキャラクターのキーホルダーやぬいぐるみのプレゼントはとてもウケて、新しいマスコットが出てくるたびに「カリーノ、カリーノ」と歓声が起こった。カリーノは可愛い、の意味らしい。合羽橋で買った、私の好きな食品サンプルのスシやパンケーキも大人気で、みんなおどけて食べる真似をした。食品サンプルが異国のお茶の間で話題を独占しているさまをニヤニヤしながら眺めた。

対してもっとウケると思った和菓子はあんまり人気ではなかった。皐月によるとイタリアの人は食に対して保守的だそうで、外国料理のレストランも多くないし、イタリア料理が世界一美味しいと公言してはばからないそうだ。だから徳用サイズ一袋分持ってきた栗入りのどら焼きも、小豆《あずき》あんの作り方を皐月が説明すると「甘く似た豆なんて！」と一口かじっただけで食べられない人が続出した。イタリアでは豆は辛《から》く煮るものばかりらしく、小豆や黒豆やうぐいす豆のような甘い豆はまったく浸透していないらしい。おせんべいも巻いてある海苔《のり》に「黒い」と警戒心を抱かれ、唯一柿の種だけがパパに気に入られてビールのお供になった。一番喜んだのは皐月で、余ったお菓子すべてを大事に抱え込み「懐かしい～」と感嘆しながらシュワシュワする大玉のソーダ飴を舐めている。

私へのプレゼントもちゃんと用意してあって、マルコの家族それぞれから、真っ赤なミトンやクリスマス菓子の詰め合わせ、ちょっとアジアなテイストが盛り込まれた手提げバッグ、皐月からはマリア様と赤ちゃんのイエス様と子羊のミニチュアをもらった。この並べると聖誕の夜を再現できるミニチュアが正直一番うれしかった。さすが大学からの友達の皐月、私の趣味はよく分かっている。

プレゼントの披露合戦が終わり、お客さんたちが帰ってゆく。彼らの赤い顔を見ていたら、相当な飲酒運転になるだろうと想像できた。お風呂に入るため、バスルームでタオル類を貸してもらい、ようやく皐月と二人きりになる。彼女が日本から遥か遠い地イタリアで築いている家庭は、心地よくこぢんまりとして、しかし伝統的なイタリアの文化が根付いていて素晴らしかった。

皐月は日本にいたときよりも数倍薄い化粧で、ほとんどすっぴんに見える顔立ちで、違う人種の家族のなかをものおじせず動き回り、一人だけなんの歴史にもとらわれない毅然《きぜん》とした物言いで、家事をきりもりしていた。ひょっとしたらまだイタリア語の語彙《ごい》数が少ないから、短い言葉を一言一言しっかりしゃべるので、毅然として聞こえるのかもしれなかった。

彼女の小さい瞳が、細い頸《くび》が、短い黒い髪が赤いエプロンをつけて動き回るたびに、きっとイタリア人のご家族は日本人はあまり表情のない民族なんだと思っただろう。けれど彼女は特に考えが顔に出ないタイプなのだ。おそろしく甘えのない人で、自分が動揺したときも、困っているときもうれしいときも、感情を表現するまえに、どうすればいいかを先に考えて、誰よりも早く手を動かす。私はとくに彼女がテーブルに座る人間が食事を終えたあと、いささか早すぎるタイミングで、洗ってきっちりしぼった台ふきんでテーブルをふき始める動作を見るのが好きだった。彼女はイタリアでもこれをやっていた。なんだかすごく安心した。

「皐月はどこででも生きていけるんだね」

入浴後、ドライヤーで髪を乾かしていたらバスルームに入ってきて歯を磨き始めた彼女に言った。私はバスタオルを巻いているだけだったが彼女はまったく気にしない。

「生きてはいけるよ。でも本当はちょっと後悔してるの、こんな遠い場所まで来て。もっと気軽に日本へ帰れるかと思ってたけど、こっちにはこっちの生活があるから難しいね。両親の顔も、もう二年もスカイプでしか見てない」

彼女は洗面台の下の棚から私のための新品の歯ブラシを出し、ミニタオルの上に置いた。

「きっとイタリアがしっくり来すぎたんだね。髪形も似合ってるし」

「そう？」

彼女は照れて短い襟足の首を触った。褒め言葉だけが彼女の表情を変えるのに有効だ。イタリア人の家族は気づいているだろうか。

「でも本当にどうしようかって思ってるの。私はたぶん永久に日本に帰れない。こんなになじみのない国にも、自分はなじんでしまった」

「うらやましいよ、その行動力が。住んだことのない新しい国に住めるようになるのって、稀有《けう》な才能だよ」

「そう言ってもらえると元気が出るな。みつ子、下着は持ってきた？」

「うん、ここに置いてるよ」

洗濯機の上の下着類を指さすと、彼女はふっと笑った。

「あいかわらず小さなパンツはいてるんだね。ほとんど紐《ひも》みたい」

「生地の部分もあるよ」

「こんな小さな三角でね」

三本の指先で極小の三角を形作ったあと、ニヤッと笑った彼女がバスルームのドアを開けて出てゆき、また閉めた。ベッドに入り、さわやかで甘い花の香りのする外国の洗剤で洗ったシーツにくるまれてから眠りについた。

二十五日もイブの続きで、親族の叔母とその娘が訪れたり、マルコの違う友達が来たり、来客が絶えなかった。日本とは違うなと思ったのは、アパートの上の階や隣に住んでいるご近所さんも、パネットーネを持って挨拶に来たことだ。なにかの記念日にアポなしに気軽にピンポンを押して挨拶し合えるほど仲の良い隣人を持った人は、日本にどれくらいいるだろうか。彼らにとっては毎年恒例の普通のことのようで、抱擁を交わし、キッチンのテーブルに座ってゆっくりと会話し、手を振ってまた出てゆく。すぐに違う人が訪れて、また新しい会話が始まる。

マンマと皐月は朝から協力してまた何かいろいろ作っていて、私は昨日と同じく〝長旅で疲れているから〟との理由で手伝わせてもらえなかった。丸椅子に座り彼女たちの作業を側で見ていると、打ち粉をふった木の台の上でパン生地をこね始めた。何度も何度も力をこめて練られたパンは、フォカッチャの種になり、触らせてもらうとほのかに温かい。

「オーブンで焼くまえに発酵させなきゃ」

皐月の手によって寝室へ持って行かれ、ベッドに寝かされて丁寧に上掛けをかぶせられた。

「パン種はベッドのなかですやすや眠る」

「可愛いね。何時間ほど？」

「午前中ずっとよ」

パルミジャーノと呼ばれるチーズは煉瓦《れんが》二つ分ほどの巨大なブロックで、表面のざらつきつつも艶《つや》のある質感とどっしりした重さが、ローマの建造物を形作る大理石とよく似ている。よく切れるナイフで薄く切ったパルミジャーノの一片は、チーズの濃い味がくせになりそう。赤ワインとてもよく合う。

「これほどの塊を日本で買うと、相当高いだろうね」

「うん、だから私は里帰りしたとき、パルミジャーノをブロックごと持ち帰ったよ。タオルで何重にも包んでスーツケースに忍ばせるの。うちの実家ではお父さんがお酒のおつまみにして喜んで食べてる」

キッチンは流しが二つに完全に分かれていて、スポンジで洗う槽と水道水ですすぐ槽が別なのが使いやすそう。ちなみに洗濯機はバスルームに置いてあり、日本の洗濯機と違って、すすぎのお湯の温度が細かく設定できるようになっていた。

「イタリア人は熱湯で洗わないと消毒できないと思ってるから」

と皐月が説明してくれた。昼食はバルコニーのテーブルで食べた。夜は冷えるが、昼は太陽が差して、外でご飯が気持ちよく食べられるほど気候が良い。


せっかくイタリアに来たんだから、帰国するまで開かないぞ、と決めていたスマホを早々に見てしまった。

多田くんからメールが一通来ていた。たった一週間ちょっとくらい日本からは完全に離れてイタリア色に染まりきろう。よっぽど重要な案件ぽいメールしか開かないぞ、と決めていたのに、重要な案件ではないだろう多田くんからのメールを即開いてしまった。

〝こんばんは。

先日はありがとうございました。寒くてみぞれか雪か分からない天気ですが、カゼなど引かず、お元気にされていますか。私は残った仕事をぼちぼち片づけて、ようやく冬休みに入れそうです。

先日のお礼といってはなんですが、いつも手料理をごちそうになっているので、冬休み中にでもどこかのお店で一緒に夕食でもどうですか？

ほんとは私が自宅へ黒田さんを招待して、なにか作れれば一番良いのですが、たぶんおいしくできないので、知っているおいしい店へでも一緒に行けたらと思っています。

新年以降は私はとくに用事はないので、黒田さんの予定に合わせられると思います。冬休み後の土日でもかまいません。

それでは、良いお年を。〃

メールは日本時間の十二月二十七日に届いていた。クリスマスを避け、お正月までの時期に、ちゃんと頃合いを見計らって送られてきたメールだ。日本から何千キロも離れた地で読む多田くんのメールは、日本で読むときよりも彼の気遣いがよく分かる。何げなく食事に誘ってくれてるように見えて、うちでご飯を一緒に食べた直後くらいから、次は自分から誘おうと考えていたのだろう。あの日からあんまり日にちの経たないうちに誘えば〝また会うのか〟と思われそうで、いままでメールを控えていたのだろう。でも普通の土日よりは冬休みの方がお互い都合がつけやすいから、冬休みまでに誘いたいな……と思い、でもクリスマス前だと意味ありげか、と思い直し、二十七日に送ったのだろう。

この人は私がイタリアにいることを知らないんだと思うと、がぜん知らせたくなってきた。ベッドから半身を起こし、まず私も食事に一緒に行きたいし、とても楽しみなこと、でも今も新年もほとんどイタリアにいること、帰ったら時差や疲れもあるし、会社に行くまでには体調を整えておきたいから、会うのはできれば冬休み後の土日だとありがたいこと、を新規作成のメールの文章欄に書いた。ローマの友人宅にクリスマスイブからホームステイさせてもらい、イタリア式のクリスマスシーズンと新年を味わう予定です、と書いたら、私の冬休みはずいぶん楽しそうで、豪華さがスペシャルマックスだった。

メールを送るとすぐに返信が来た。

〝イタリアにいるんですか?! すごく意外です。友達の家に泊まれるなんてラッキーですね。スリや変な人には気をつけつつ、どうか旅行を楽しんでください。

食事の件は、了解です。黒田さんが帰国されてから、詳しく日程などを決めましょう。〟

燭台《しょくだい》のろうそくの灯《あか》りに照らされながら読む多田くんからのメールは、涙が出そうなほど平穏だった。日本にいるときより、切実に会いたい気持ちがわき上がってくる。

翌日は、午後から地下鉄でローマへ向かった。

ローマの中心部のテルミニ駅は華やかな想像とは違い、治安が悪く、皐月から「リュックは前に抱えて」とアドバイスを受けて実行した。ひっくり返った亀みたいな格好で、リュックを抱きかかえて地下鉄を降りた。地上に出ると安い衣服や明らかにニセモノのブランドの露店が出ていて、色んな人種の人々が練り歩いている。トレビの泉、サン・ピエトロ広場、スペイン階段とローマの名所を巡った。トレビの泉では大きくて迫力のあるサルース、ネプチューン、ケレースの三体の像の下で、明らかに家で使う用の稼働中のプリンターを抱えたイタリア人のおじさんが大声で観光客に呼びかけていて、何をしてるんだろうと思ったら、撮った写真をその場でプリントする商売だった。おじさんの太って突き出たお腹の上で快調に動き続けているプリンターがシュールだ。

サン・ピエトロ広場は大聖堂の壁や屋根など様々な場所に立っている古代ローマ人の彫像の精巧さに見とれ、せっかく来たんだからミケランジェロの「最後の審判」が見たくて、広場横のバチカン博物館のシスティーナ礼拝堂を目指すと、まだまだ遠いうちから長蛇の列が見えて、早々に諦めた。広場や街なかの歩道は石畳で、車道よりもさらに状況が悪く、自転車で走ったら溝や石の割れている部分にタイヤが挟まって派手に転びそうだ。私が地面ばかり見つめて歩いていると、皐月が、古代ローマ時代からの馬車の轍《わだち》の跡が石に残っていて地面がでこぼこだと細い筋を指さした。

スペイン広場では映画「ローマの休日」でも有名な大階段を見てジェラートが欲しくなったが、さすがに冬で寒くて食べたらお腹を壊しそうだ。スペイン広場の階段を上りきった場所にあるトリニタ・デイ・モンティ教会前の広場からはローマの街が見渡せた。街は地面もちょっとした噴水の飾りも、普通なら博物館に飾りそうな遺跡がごろごろ転がっているのだった。石造建築物の並ぶ調和の取れた街並みは美しい。しかし大理石や煉瓦に囲まれた街を歩いていると、街全体に染みついた歴史の重さと石の冷え冷えした質感が心にどっしり伸《の》しかかり、息苦しくなった。広告まみれの渋谷の街を歩いていても、すぐへとへとになってしまうが、溢《あふ》れるほどの情報量の代わりに押し寄せる荘厳な歴史の重みも同じくらい気疲れする。一朝一夕では身体が濾過《ろか》できない。

晩ご飯を食べたあと、夜寝るまえに家のちかくの丘を皐月とマルコとで散歩した。

　イタリアの冬の空気は東京よりも格段に冷たく、浸透圧で肌から内側に入りこんでくるような、しめった重い寒さが身体にまつわりつく。寒くてもう一歩も歩けない！と立ち止まると、皐月がコートのポケットから自分の毛糸の帽子を取り出して、耳まででかくれるほど深くかぶせてくれた。住宅街の道から離れて草むらを斜めに歩いていくと、家がなくなり、なだらかで広い丘があり、丘を登りきったところから小さな森が始まっていた。ひろくてなだらかな丘が隆起を繰り返し、どこまでも続いている。草がまばらに生えた丘で、皐月たちより少しまえを歩いた。空には星しかない。広大な敷地にたいしては明かりが小さくて、数が足りない。建物もないし、日本だと言われれば信じてしまうかもしれないけれど、やっぱり明かりの色が違う。黄色い。日本みたいに、より明るく、より広く見わたせるように作った電球とはちがう。手元をぼんやり、黄色く照らすだけ。丘のむこうには森が見える。山ではなく平坦な森、これもあまり日本で見かけないものだ。

　堀に囲まれた小さな古城が見えてきた。黄色い光で下からライトアップされた、脇に塔がある石造りの壁の古城を、お堀の前の柵に寄りかかって見上げた。お城は一分あれば周りを一周できるほどの小さなサイズで、ディテールの凝った装飾が施してあるわけでもなく、窓も無く、細長いシンプルな塔で古めかしく威厳があった。

「住宅街からすぐのところに、こんなお城があるんだね」

「大昔ここらへん一帯を統治していた君主の持っていた城の一つなんだ。子どもの頃は友達と一緒にこの城の周りでよく遊んだ。夜に忍び込んで中を探検したこともあったよ。いまはアラームが付けられていて無理だけど、だって」

マルコの言葉を通訳する皐月は、彼の大きな腕に肩を抱かれている。

「城に忍び込んで遊んだ思い出なんて、さすがローマだね」

「ねえ。私たちも大学の頃は酔っぱらって校門を乗り越えて中庭で酒盛りしたものだけど」

「ああ、やったね。巡回の警備員さんにすぐ見つかって怒られた」

三十一日は皐月がローマの中心部で友達と会う約束があって、朝から彼女はいなかった。お昼頃から予定が空くというので、マルコのスクーターの後ろに乗せてもらってローマまで行くことになった。

家を出て駐車場まで歩き、マルコのスクーターの前まで来ると、彼から防寒グッズとヘルメットを渡された。ニット帽をかぶってからヘルメットを付け、マフラーを巻いて手袋をしたら、私の全身をチェックしたマルコは、マフラーを首に隙間ができないようきっちり巻き、口元までずり上げた。実際にスクーターの後ろへ乗って徐々にスピードが上がってくるにつれて、マフラーの意味が分かる。冬の風は、氷の粒が身体の表面に当たっているかのように冷たく、素肌の出ている部分があると冷たすぎて痛いくらいだ。マルコの黒い革ジャンを着た背中に手を回し、身体をくっつけるのは友達の旦那さんということもあってちょっと抵抗があったけど、イタリアの道路は舗装が最悪で日本では見たことのないほどの穴やひび割れが多いせいでスクーターのタイヤは派手にバウンドし、しがみついてなければふり落とされそうだ。

郊外から中心部へ景色がうつると、車の台数が増えてきて、マルコもスピードをゆるめるしかなく、ほっとしたが、代わりに車の間をすいすい縫って前の方へ進んでゆく。ローマでスクーターといえばもちろん映画「ローマの休日」を思い出すわけで、オードリー・ヘップバーンとグレゴリー・ペックの楽しく軽快なスクーター二人乗りをイメージしていたが、いざ乗ってみると周りの景色なんか見てる暇もないくらい、一触即発の事態が多すぎ、すんでのところで車体をかわすスリルに、恐怖と笑いで頭に混乱がこみ上げっぱなしだった。

中心部へ着くと合流した皐月と三人で今夜使うための花火を買いに行った。途中、外の大通りを歩いている間に何度か「パアアァン」と銃声のような、乾いた鋭い音が

どこかから聞こえて凍《い》てついた外気に響きわたるので、怯えて歩く足を止めたら、

「あ、いまのは爆竹。一月一日になった瞬間に鳴らすのが本番だけど、みんなフライングでもう鳴らしてるんだ」

花火を売ってるショップに行くと、日本だと警察にしょっぴかれそうなほどの大音量の爆竹が街じゅうのあちこちで鳴る理由が分かった。花火も爆竹も種類が豊富にあり、爆竹の玉は大きく、花火の筒は私の腕ぐらいのぶっとさ。皐月とマルコは大小様々な花火や爆竹をレジかごにぽんぽん放り込んでゆく。やけにたくさん買うんだね、と言ったら、今日は大人数いるからこれくらいすぐなくなる、と答えが返ってきた。お会計をしていると、レジの女の子が私たちを見てにっこり微笑み、

「チネーゼ？」

と訊いてきた。皐月がややムッとした顔で、

「ノー、ジャポネーゼ」

と答える。

「まず最初にかならず中国人と間違われるんだよね。この街にいる日本人は少ないから」

最初から決めつけられるのはイヤだよね、と言いつつも、もしこの街の住民の一人

が日本に来ても、その人がイタリア人なのか、はたまたドイツ人なのかを見分ける能力は、私にも無さそうだ。昼ご飯はピザ屋でトマトソースとルッコラのピザを、惣菜屋でスップリという名前のライスコロッケを買い、自販機で炭酸水を買って近所の広場で食べた。ピザはナンに似た平べったく細長い形、具材はごくシンプルなのに生地がもちもちパリッとしている。スップリは丸い可愛い形で、薄い衣のなかにはトマト味のチキンライス、中心の核には溶けるチーズが入っていて、ボリューム満点だ。イタリアに来てチーズやパン、生ハムのプロシュートや安いピザなど何げないものを食べる度に、素材の味が活《い》きていて驚く。「フレスコ、フレスコ」と言って皐月のイタリア人の家族は食べ物を勧めてくれたが、まさに新鮮《フレスコ》で、新鮮という形容詞が生魚や野菜だけに当てはまらない言葉だと知った。飲み物を買わなかったマルコは広場にある動物の顔の紋章の入った水飲み場で喉を潤していた。

十一時四十五分になると全員が外のバルコニーに出て、年が生まれ変わる瞬間を待った。外はもちろん寒く、さっそく煙草を取り出した人は震えながら吸い、私と皐月はキッチンから熱いチョコラータをマグカップで持ってきて、バルコニーのテーブル席に座って飲んだ。

十二時一分前、みんな立ち上がり、バルコニーの手すりに寄りかかってローマの街を見下ろしながらカウントダウンする。ローマの夜景は街全体が蜂蜜色の明かりに照らされて、高層ビルが一つも無い代わりに、サン・ピエトロ大聖堂の丸いクーポラが象徴的に浮かび上がっている。

「トレ、ドゥーエ、ウノ、ブォン　アンノ!!」

人々は抱擁し頬にキスしあって新年を祝う。ローマの夜空に花火が上がり、冬の花火のくっきりした光の残映に見とれた。マルコや彼の友人たちがバルコニーで爆竹を鳴らし、呼応するように街のあちこちから爆竹の爆《は》ぜる音が響く。

「あけましておめでとう」

「あけましておめでとう」

皐月と日本の新年の挨拶を交わすと、彼女はうれしそうに微笑んだ。

「あけましておめでとう、って面と向かって人に言えたのってひさしぶり」

日本に帰る日がやってきた。マンマはうちに来た記念にと、とてつもなく重い銀のフルーツ皿をプレゼントしてくれた。ぶどうと蔓《つる》が透かし彫りになった、両手で抱えないと持てない大皿は、たくさんのフルーツを盛られて我が一人暮らしの部屋のテーブルに鎮座する姿がどうしても想像がつかなかった。イタリアのこの伝統ある家具に囲まれた空間だからこそ、しっくりくる調度品だろう。だから両手を振って遠慮したが、マンマは手早く新聞紙で皿を包むと、さっさと私のスーツケースの底に収納してしまった。

十二時間のフライトを、飛び立った直後に睡眠薬を飲み気絶したように眠ることでやり過ごし、飛行機を降りて、お土産のせいで行きよりもたくさんの荷物をつめ込み、重量制限ぎりぎりになったスーツケースを両手で押しながら、日本の到着ゲートをくぐった。ゲート前には、搭乗客の家族や友達、外国からの客には日本の旅行会社のツアーコンダクターが、客の名前を書いたボードを掲げて待っていた。待っていた人と待たれていた人たちが次々とつながっていくなかを、スーツケースの進行方向を微妙に調節しながら、くぐり抜けていく。

なつかしい慣れ親しんだ空気に急速になじんで、ずっと盗られないよう失くさないよう注意していた財布の入っている小さな鞄の存在感が薄くなっていく。耳だけがまだイタリア語を聞いていた日常から戻っていなくて、話している人々の横を通るとき拾う彼らの言語が、一瞬何語だか分からなくなる。よく聴くと日本語だと分かるけれど、なんの気なしに耳に入ってくる時点では、イントネーションのない平坦なやさしい響きの謎の言語に聞こえる。日本語は外国人からはこんな風に聞こえるのかもしれない。

「おかえりなさい」

Aの優しい声が頭に響く。そういえばイタリアにいる間はほとんどAと話さなかった。私がAと話すのは、いつも一人ぼっちでピンチのとき。イタリアでは新鮮なできごとが多く、Aと話している暇もなかった。日本に帰ってくるなりAが必要になるのは、まったりとした日常自体をピンチだと感じているからかもしれない。

多田くんとメールのやり取りをした後から、ずっと切っていたデータ通信の設定をオンにすると、年末年始を挟んだせいもあり、あけおめメールも含めて六十通くらいメールが来ていた。受信を知らせるバイブが鳴りやまない携帯に、人知れずほくそ笑む。日本に必要とされている感じがうれしい。

＊

きつい時差ぼけを休みの残りのうちになんとか治し、冬休み明けにぶじ出勤できた。昼休みに「新年あけましておめでとう」と挨拶を交わしたノゾミさんは、うれしさを隠しきれないニヤニヤした顔で私に囁いた。

「あのさ、イケメン祭りなんだけど」

「ああ、どうでした？　目当ての俳優は登場しましたか？」

「実は、カーターと一緒に行ったの。何の気なしにこんなイベントへ行く、って言ったら、自分も行きたいって言い出して」

　二人の間を、一瞬の沈黙がつなぐ。

「仲は良かったけど個人的な付き合いのなかったノゾミさんにようやくプライベートな遊びに誘ってもらって、うれしかったんじゃないですか」

「何度も食事や映画には誘ってるよ。いつも断られてた」

「じゃあイケメン祭りなんてめずらしいし、有名アイドル俳優が出るってことでチケットも取りにくそうだから、興味がわいて一緒に行きたくなったんじゃないですか」

「そんなところだろうね。公演中はけっこう楽しんでたみたい。こっちは気を遣ったけどね、〝でもやっぱり片桐くんの方がカッコ良いと思うな〟とか言って。本人はまんざらでもない様子で、ショーが終わったあとは〝誰々は顔立ちは整ってるけど背は低い〟とか〝あいつ一八〇センチ以上あるけど鼻が大きすぎる〟とかイケメン俳優をこき下ろしてた。カーターは顔がきれいで背が高いのを自慢にしてるから」

「あの人なりに楽しんだんですね。まあ、良かったですね」

「あ、私と二人で遊びに行ったことは社内のだれにも言うなって口止めされたから、この件については他言無用ね」

「ご心配なく。話す相手が一人も思いつきません」

「帰りに寄った喫茶店で今付き合ってる彼女の話をされた。最近、連絡が来ないって愚痴なんだけどね、長くてさ、気がつけば三時間経ってた。夕食どきだったし喫茶店に入る前に、なにかちゃんとしたもの食べれるとこ、ファミリーレストランでもいいから入ろうよ、って誘ったんだけど、彼が頑《かたく》なに〝どうせコーヒーしか飲まないから〟って断るから喫茶店に入ったんだけど、結局途中でお腹減って二人ともつまらないサンドイッチを追加注文して食べた」

「彼女の話、どんなだったんですか」

「三カ月前に知り合って告白された二十六歳の女の子と、いままでフツーに付き合ってたんだけど、最近いきなり〝あなたのことが分からない〟とかあっちが言い出して連絡が返ってこなくなったんだって。〝土日も会わない日が続いたから浮気してるって疑われたかな〟と本人は言ってた」

「原因は他にも色々ありそうですけどね、あの人なら。別れるつもりなんですかね」

「そこまでは考えてないっぽかったけど、このまま連絡が来ないと、もう付き合ってるとは言えないんじゃない？　でも本人はあんまり傷ついてなさそうだった。〝片桐くんだったら、すぐまた付き合う女の子見つかりそうだもんね〟って言ったら、そんな当たり前のこといちいち言うな、みたいな反応だったし。うれしそうだったけど」

　ノゾミさん、チャンスじゃないですか、という言葉が舌の先まで出かかって、結局言うのはやめた。カーター相手だと、失恋した直後はチャンスだ、とかいう通常の恋愛テクニックは通用しなそうな気がする。

「恋の相談されてやっぱりちょっとショックだったけど、私としてはプライベートで会えて、サンドイッチだけど晩ご飯を一緒に食べてるだけでうれしくてね。会社で話してデザート与えてるときだけの関係性にくらべて、ずいぶん仲が深まったな、と。これもイケメン祭りのおかげよ。帰り際〝またおもしろそうな企画あれば誘うね〟って言ったら、カーター、上機嫌でうなずいてたし。いやあ、良い日だった。あの一日のおかげで、他はなんも予定なかったけど、冬休みはずっと楽しい気分で過ごせた」

「良かったですね。そういうのを、本当に充実した休日って言うんじゃないですか。楽しい思い出が増えたみたいで、うらやましいです」

「まあね。イタリアの話も聞かせてよ。イタリア人の男って、すぐナンパしてくるっていうけど本当だった？」

「ローマの街とか結構うろつきましたが、一度もされませんでした」

イタリアの土産話を色々したかったものの、ノゾミさんの頭の中がカーター一色なのが伝わってきて、また今度話そう、と考えなおした。

「それでね、カーターとどこへ行くかを冬休み中ずっと考えてたんだけど、ディズニーランドに行ってみたくてね」

「いいんじゃないですか。カーター、一周回ってディズニーランドとか似合いそうですよ」

「うん、で、誘ったら、二人で行くのはちょっと勘弁してほしい、って言われたから、みつ子ちゃんと多田くんも一緒にどうかなと思って」

思わぬ方向から飛んできたボールに度肝を抜かれる。

「なんで私と多田さんなんですか？」

「思いつく人が二人しかいなかったのよ。ね、お願い。カーターは乗り気でさ、〝ディズニーには二月に行こう。バレンタインデーには手作りのチョコがたくさんと、ポール・スミスのマフラーとかもらえると嬉しい派だな〟とまで言ってくれた」

「さりげなく高価なものを買わせようとしているところが、カーターらしいですね。ノゾミさん、金づるにされないでくださいよ」

「大丈夫、私けっこうケチだから。指定されたマフラーは買ってあげるけどね」

「でもカーターはノゾミさんと出かけているのを社内の人間に知られたくないって、さっき言ってましたよね？　一緒に行くのが私と多田さんで良いんですか？」

「大丈夫、すでにカーターにオーケーもらってるから。みつ子ちゃんと多田くんについて話したら〝あの二人なら大丈夫〟って」

「どういう意味ですか、それは。あの二人なら信用できるって話ですか」

「うん」

「うそだ。カーター、私について何か言ってたでしょ。あの減らず口が悪口を一つも言わずに話題を済ませるわけがない」

「ごめん。〝社内でも地味で友達が少ない方だから、噂する相手がいないだろう〟って」

「多田さんのことはなんて言ったんですか」

「〝うちに来てる営業のなかでは一番出世しなそうだから、言いふらすほどの根性も無いだろう〟って。ごめん。でもこれ万年平社員のカーターの言ってることだから、多分当たってないし、真に受けないでね」

「なんで陰で悪口言ってる人と楽しい夢の国に行かなきゃいけないのか分からなくな

ってきましたが、少なくとも私は一緒に行くつもりですよ。多田さんには予定をこれから訊いてみます。いざとなったら、私一人でついていって、途中ではぐれたフリをして二人きりの時間を作ってあげてもいいですよ」

「それいいね。ありがたい。私、今度のディズニーランドで告白しようと思ってるから」

「ほんと?! 中学生みたいですね。ドキドキしますね」

「チョコとマフラーを渡すときに言おうと思ってる。たとえフラれたとしても、自分が好かれているのをイヤがる人とは思えないし、私たち二人の関係は社内ではいままでと別に変わらなそうだから。もうプライベートで一緒に出掛けられるのは最後になるかもしれないから、言う」

「強い決意ですね。分かりました、多田さんが来る場合でも夜になった辺りで、ノゾミさんとカーターが二人きりになれるよう、取り計らってみます。なんかこっちまで緊張してきました。高校のときにバレンタインデーに告白する友達を体育館裏で見守っていたときの気持ちを思い出します」

「ところが私は三十八歳、カーターは三十四歳なんだよね。どう大目に見てもディズニーと手作りチョコが似合う年齢ではないけど」

「赤ワインの年齢ですもんね」

「ま、がんばってみますわ。ふられたところで、へこたれないけど」

「してもしなくても関係性を変えるつもりのない告白って、斬新ですね。応援してます」

＊

イタリア滞在中に多田くんと約束した近所のレストランでの食事の件は、一月中に実現して、前を通るたび入ってみたいなぁとは思っていたけど、一人で入るのには難易度の高すぎたフランス料理の一軒家レストランで会うことになった。

「イタリア料理のあとにフランス料理ってのも、似たテイストが続いてしまってるかもしれませんが、このお店で良かったですか」

ギンガムチェックのテーブルかけに野の花の挿してある小さな花瓶が置いてある可愛い空間に、図体の大きい多田くんが窮屈そうに座り、辺りを見回しているさまは、なんだか微笑ましい。

「正直いままでイタリア料理とフランス料理の区別ってあんまりついてなかったんだ

けど、こうやってメニュー見るとイタリアで食べてきたものと全然違うって分かるから、大丈夫だよ。それにここの店、一度入ってみたかったんだ。多田くんはここ、初めてなの？」

「はい、知ってる場所に連れて行こうかとも思ったんですが、飲み屋ばっかりだったんで新規開拓しようと思って」

しばらく会わないうちに、多田くんは私に対しての言葉遣いが、すっかり敬語に戻っている。

「黒田さんが無事に帰ってきてくれて、よかったです」

「戦地に赴《おもむ》いたわけじゃなし、普通無事に帰ってくるでしょ」

飛行機で一人勝手に臨死体験をしていたことは、言わずにおいた。

「いや、さびしかったです。てっきり同じ町内にいると思っていた人が、遥かイタリアの地にいるって分かったときは、うらぎられた！と思いましたよ。自分は寒い日本の地でまた野村のコロッケ食べてるのに、黒田さんはイタリア料理でトレビアーンなんて」

「トレビアーンじゃなくてブォーノだった。たしかに食べ物はめちゃくちゃ美味しかったよ！　これ、お土産のチーズ」

バッグから取り出したのは、皐月のアドバイス通り、きれいなバスタオルにくるんでスーツケースに入れて持って帰ってきたパルミジャーノだった。

「やった、おれチーズ大好きなんです」

「うん、これなら調理しなくても、包丁でうすくスライスすれば、そのままでも、パンにのせてでも食べられるから」

多田くんとの会話は何げないが、ほっとする。その夜、ディズニーランド行きを誘った。

＊

もともとパンツ派の私はスカートを穿くのはめずらしかったが、デートといえば強迫観念的に、足元はひらひらとスカートの裾をひるがえすものなんだと思ってた。しかし真冬のディズニーランドに挑む今日は、モンベルの中綿入りのパンツを着込み、モコモコパツパツの完全防備だ。もうトシで東京湾から吹き付ける寒風が耐えられないから内側ボアのズボンを穿くわけじゃない。十代、二十代の頃だって、寒風は骨身に染みた。防寒するのはどうしても風邪を引きたくないからだ。その思いが、きれいに見られたい思いよりも、だいぶ熱く強い。肉体の老化というより、なにがなんでもスカートを穿くという気概がなくなったという、心の老化だ。

　多田くんもまた、めかす方向より暖かくて動きやすい方向にシフトしていて、一昨年の冬に商店街で偶然会ったときに着ていた黒のダウンコートに、シンプルな紺色のニット帽をかぶっている。ダウンは羽毛が入りすぎているのか、いつもより肩や胸の辺りがこんもり盛り上がっていて、上半身だけを気合をいれて鍛えた結果、プロポーションがアンバランスになってしまったマッチョみたいに見えた。

　ノゾミさんはといえば、私たち二人と同じように着ぶくれてはいないが、デニムにクリーム色のハーフコートを羽織った簡素なスタイルで、足元はスニーカー、腰にはウエストポーチを巻き、それとは別に肩掛けバッグも持っていて、子どもの運動会に参加するお母さんみたいな格好だ。大切なデートでも媚《こ》びた服装ではなく、カーターのわがままに対応できる機能的な服装を選ぶ彼女が、私は好きだ。

　唯一カーターだけが、センスはともかく凝ったなりをしていて、おまけに露出している顔はディズニーへ行く十代か二十代くらいの女子たちがふり返って見るくらい整っているのだから、宝の持ち腐れと思っていた彼の長所も、こんなシチュエーションでは生かされる。モスグリーンのベロアのジャケットに身を包み、暗い赤色のドットのリボンタイを着けた彼は、普通の場所なら浮くけど、ここではキャストに見えなくもない。タイと同じ柄のソックスも小粋に見える。

　並ぶアトラクションは大体カーターの好みで決まっていき、ディズニーランド完全攻略の本を買い一夜漬けで勉強したというノゾミさんのおかげで、比較的スムーズに予定は進んでいった。往年のアトラクション「カリブの海賊」に乗ると、昔乗ったことがあるはずなのに、記憶よりも暗く海賊たちの人形の顔が恐ろしく見え、来ると分かってたのに、段差で乗り物がガクッと落ちるときには声を出して驚いてしまった。「カリブの海賊」レベルですでにスリルを満喫した私が、当然もっと難易度の高い「ビッグサンダー・マウンテン」や「スペース・マウンテン」に乗れるはずもなく、四人じゃないと一人余りが出るからなんとかして乗ってくれという仲間たちの申し出を謝り倒して断って、みんなが乗っている間、一人地上で待っていた。帰ってきた彼らから聞くと、アトラクションを知り合いに気兼ねなく満喫したいという理由で、カーターが進んでシングルライダーになったらしい。

　ノゾミさんは、カーターが飲んでいたジュースをこぼせばプチタオルを出し、ショーを見た彼が「遠くてよく見えない」とこぼせば折りたたみのオペラグラスを取り出し、アトラクションの待ち時間が長くて彼が寒そうなそぶりを見せたら、くつ下用ホッカイロを取り出し、靴を脱がせて靴下の裏に貼ってあげていた。

「そのバッグから、なんでも出てきますね」

多田くんがノゾミさんの肩掛けバッグを指さして感心した声を上げた。ノゾミさんはかいがいしいを通り越して、マザーバッグにおむつを入れて新生児の世話をする新米ママみたいだ。カーターは何を貸してもらってもお礼を言わず、「おれ子どもの頃ディズニーの待ち時間の間に『ミスター味っ子』のコミックを全巻読むのが夢だったんだよね」と言っていて、ノゾミさんは熱心に聞いてうなずいている。次に来る機会があったら、コミックの全巻をリュックに詰めて持ってきそうな勢いだ。

ミニーちゃんのグッズで全身を固めた女子高生グループや、積極的にシングルライダー枠を利用するディズニーに来慣れた感じの小学生姉妹と疲労が顔ににじみ出たその両親などがすぐ近くで並んでいたが、いつもの一人きりと違いこちらも四人グループなので、耳を傾ける暇がない。友だちと共に行動すると、他人の会話を聞いてられなくなるんだな、と当たり前のことに気づく。

あらかじめノゾミさんとの打ちあわせで、二手に分かれるときは、カーターには私が多田くんと二人きりになる時間が欲しいから、と言い訳する予定でいた。本当は別に二人きりにならなくてもいいのに、カーターに色々邪推されると思うと癪《しゃく》だが、ノゾミさんとの友情のためだ。夜になったら二手に分かれようと、ノゾミさんか私のどちらかが言い出すことになっていたけど、いつ言えばいいのかタイミングが摑めなくて、遊んでいる間も夕方ぐらいからちょくちょく、私と同じ戸惑い気味のノゾミさんと視線がぶつかっているうちに、完全に夜になってしまった。

「エレクトリカルパレードが始まるみたいですよ。私たちはどこで見ましょうか」

歩道にレジャーシートを敷き、座りこんで待機する人たちが増えてきたのを見て、私は声を上げた。

「どこが見やすいだろうね。いいところはきっともう、ディズニーに詳しい人が取ってそうだな」

ノゾミさんが、毛布や簡易イスを持ってきている準備のいい親子連れの客に目を遣る。

「立って見てもいいなら、この辺りでもいいんじゃないですか。手すりとかに寄りかかって。もしくはもう少し入場ゲートの方まで歩いて、広場のスペースで石段に座るとか」

多田くんが視野を広げて遠くの方まで見渡した。

「どこで見ても寒そうだな。おれはいいや、パレードは」

まったく協調性のないカーターの発言に肩の力が抜ける。いや、これはチャンスでもある。

「私は見たいなー、せっかく来たんだし、パレードはここの目玉だし。座ったら寒いから、立ち見でもいいよね、多田くん」

「おれは大丈夫ですよ、どんな見方でも」

「じゃあパレード見る組と見ない組に分かれよっか。私も足が疲れたし、どこかで休みたいな」

ノゾミさんが察して、早口で提案する。カーターはさっそく、チュロスを食べたいと言い出している。

私と多田くんは元いたトゥーンタウンのエリアへ、カーターとノゾミさんはファンタジーランドのエリアへと歩いていった。

二人と分かれたあとも、多田くんは心配そうに振り返って二人を見つめている。

「どうかした？」

「あの二人、大丈夫なのかな。こう言っちゃ悪いけど、ノゾミさんの方が片桐さんに振り回されているように見えたけど」

「うん。実際ノゾミさんがカーターに振り回されてるよ」

「自分のことが好きなノゾミさんを、片桐さんが利用しているような」

「うん。カーターは好かれてるのに感づいて、調子に乗って、ノゾミさんを利用しているよ」

前に向き直った多田くんは、ディズニーランドに似合わないさえない表情で、ため息をついた。

「やっぱり。ていうか、なんで知ってて止めないんですか。友だちでしょう。あんな形で幸せになれんのかな、ノゾミさん」

「カーターのことを考えているときのノゾミさんは、どんなときより幸せそうだよ。もし付き合ったとしても、カーターに騙されて、貢がされて、あげく他の女の人に浮気されて捨てられそうかな？」

「そこまでひどいことは、片桐さんはしなそうだけど。ちょっと変わってるけど、根っこに悪意はなさそうな人だと思う。好きなように生きてるだけで、歪んではいない、というか。ただあんまり自分以外の人を好きにならなそうだから、ノゾミさん、あの人の後ろ姿ばっかり追いかけてむなしくなりそうだ」

「全然むなしくないと思うよ。ノゾミさんもカーターの外見だけを愛してる、って言いきってるし、カーターのナルシシズムに付き合うのも大好きだよ、あの人」

多田くんは疑問の残る顔つきのまま、へぇ〜と、感嘆とも唸《うな》りともつかない声を発した。

「色んな人がいるんスね。人間は奥深いな。ノゾミさんが納得いってるなら、まあ大丈夫だとは思います。片桐さんは悪質な空気はないし。ほら、人を騙す詐欺師って、甘い言葉をかけつつ自分の思うように操って利用したりするじゃないですか。でも片桐さんはなにも考えていなそうで、甘い言葉も言わないし」

「うん。そんなカーターの世話を焼くのが好きなノゾミさんも、相当変わってるんだよ。つまり、お似合い」

「おれ、変なこと言ってしまいましたかね。すみません」

「いや、カーターが詐欺師ではないっていう結論が出て、とりあえずほっとしたよ。ノゾミさん、いまごろカーターに告白してるはずだから」

「えっ」

「今日中に絶対する、って、このまえ決意してたから」

「それは……他人《ひと》ごとながら、どきどきするな」

賑やかな、あの世から天国の迎えが来たかのような音調のミュージックに合わせて、まばゆい七色の輝きを放つエレクトリカルパレード・ドリームライツの山車《フロート》が、目の前を通り過ぎてゆく。グロテスクなほど目のぎょろついた巨大な赤く光るてんとう虫が目の前で何回も回転し、完璧な笑顔のファンタジックな衣装に身を包んだダンサーたちが舞い、おとぎの国へと誘い込む。このパレードの名前の〝エレクトリカル〟の部分が好きだ。スターサンライズパレードやドリームパレードとかではなく、電気の意味の〝エレクトリカル〟という言葉がこのギンギラした明るい山車を直接的に表していて、ぴったりだ。

ミッキーマウスはやたら鼻先を動かしていて、なにかを嗅ぎまわっているようで、ネズミだった頃の習性を思い出させた。いや、いまもネズミか。

ピーターパンの海賊船が前を通っているときに、コートのポケットの携帯が着信してふるえた。

「あ、もしもし。あ、ノゾミさん？　はいそうです、いまパレードが目の前を通り過ぎてる途中です。あんまり寒くない場所を確保できたのでご心配なく。へえ、そっちはもうパレードが最後まで通り過ぎたんですか、早いですね。で、どうでしたか、告白は……。えっ、ＯＫ⁈　やった！　え、でも期間限定⁈　どういうことですか」

ノゾミさんと私の電話でのやりとりを、横で多田くんが心配そうに見つめている。はしゃいでいるノゾミさんの声が伝えるには、カーターはとりあえず彼氏彼女の関係になって付き合うことをＯＫしてくれたけど、お互い本当に合うかどうかはまだ分からないので、二カ月か三カ月経ってからまた〝本当に付き合うかどうか〟を考えさせてほしい、と返事してきたそうだ。

「なんですかその、正規雇用までの試用期間みたいな制度は。ノゾミさんはそれでいいんですか」

『いいに決まってるよ、カーターが恋人になるんだもん！　夢にまで見たシチュエーションよ。たとえ二カ月だけだったとしても、一生の思い出にしてこれからの人生を生きていける。あ、彼が帰ってきた、ホットココア買いに行ってくれたんだよね。片桐くうん、こっちこっち。え、なに？　電話の相手はみつ子ちゃんだよ。……うん、そうだね、聞いてみるね。あ、みつ子ちゃん、カーター……片桐くんが、そろそろ合流しない？　って言ってるよ』

「合流しましょう。じゃ、私たちがそっちに向かいます。どの辺にいるんですか？」

電話を切ると、私と多田くんは目を合わせてにんまりした。ちょっと心配していた分、ノゾミさんとカーターがぶじ付き合えてうれしい。

「二人のところへ行くのは、もうちょっと後にしませんか。たぶん、もうすぐクライマックスの花火が上がるだろうから」

そういえば〝花火のイリュージョンが〟と外国人のＤＪ訛《なま》りの日本語で園内アナウンスが流れている。

「うん、歩いてるときに打ち上がるより、ここで見たいね」

パレード目当てだった周りの客たちがいなくなってゆくなか、私たちは寄りかかっていた手すりから、人がどいた直後の近くのベンチへと移動した。少しの沈黙のあと、多田くんが口を開いた。

「おれたちも、付き合ってみますか？」

ギクリとして、なんと答えたらいいか分からないまま固まる。対岸の火事が、飛び火してきた。

「すみません、変なタイミングで。思いつきとか、雰囲気に流されて言ってるんじゃないよ。今日ずっと言おうと考えてたんです」

多田くんの真剣な表情で事態の大切さが飲み込めてきて、膝頭《ひざがしら》を多田くんの方へ向けて、正面から向かい合った。

「うまくいくと思いませんか、家も近所だし、もうちょっと会う回数多くして、週末は今日みたいにどこか行ったり。楽しそうな気がするんだけど」

わりと簡単に多田くんとあちこち一緒に遊びに出かける自分の想像がついた。週末

や お互いの休みが合うときに、バスや電車に乗って、一人では行きづらかった場所や一人で行って良かった場所に多田くんと一緒に出かける。もちろん多田くんが興味を持っている場所へも行く。二人の食べたいものを食べ、仕事で悩みごとができれば愚痴を言い合う。恋人同士、というイメージに勝手に持っていた恋愛感情の熱い盛り上がりはそこにはないけれど、単純に楽しそうな日常が待っている気配はある。

「あんまりお互い気を遣う間柄でもないし、付き合うっていっても今までの延長から始まればいいと思うんだけど……どうかな？」

「いいですよ。紹介したいマッサージ屋が近所にあるよ」

「あ、いいなぁ。おれ会社帰りに気軽に行けるところ探してて。近所ってどの辺りかな」

私は持っていた縦長のパンフレットを細長く折って、それで座ったまま足元のアスファルトに簡単な地図を描いて、駅チカで元柔道部のすごく身体の大きい整体師さんのいるカイロプラクティックの場所を説明した。基本的にマッサージはリラクセーションにカテゴライズされる店が好きな私だが、そこのカイロプラクティックは整体師さんの指の力が強いにもかかわらず繊細な動きでもみほぐしてくれるので、何回か通っている。

「分かった、マクドナルドの隣の雑居ビルの三階だね。なんなら今度、一緒に行こうか」

「うん、行こう」

「よろしく」

地面に向かって二人ともかがみ込んでいた姿勢のまま、微笑み合った。顔が近い距離にあって、どきどきする。そっか、この人もう私の彼氏なんだ。友達として一緒にマッサージ屋に行くわけではないんだ。

「多田くんと付き合ったら、私の生活のなにが変わるんだろう」

「なにも変わらないよ。おれが隣にいるだけ」

「それなら、私にもできそう」

「できるよ」

多田くんが手をつないでくれた。シンデレラ城の上空に冬の花火が上がる。

冬の花火はさえざえと鮮やかな色彩の光を夜空にばらまいて、パァンとはじける音はやけに乾いて響いた。さすがに冷え込んできたせいで、周りから人は消え失せ、花火まで見て帰る客はまばらだ。はからずも、入園開始時刻から完全に日が暮れるまで満喫してしまった。

ノゾミさんたちは、屋根付きのテーブルセットの椅子に座っていた。丸テーブルにはノゾミさんが腕によりをかけて作ったという、色んな種類のチョコレートがいっぱい並んでいた。チョコトリュフ、アーモンドチョコ、チョコマフィン、チョコケーキ、チョコがけドーナツ、アラザンがまぶしてあったり、ハート形だったり、ホイップクリームがもりもりのせてあったりと、華やかな見た目で、ノゾミさんの普段の手作り弁当からは想像もつかないほど女子力が高い。ミッキーマウスの風船を持った小さな子どもが、テーブルの上のお菓子に目を奪われて、手をつなぐ母親を立ち止まらせていた。

「多田さんは黒田さんからチョコとかもらったの？」

美味そうですね、プロみたいですねと感心してチョコを眺めている私と多田くんに、カーターがにやにやして聞いてきて、多田くんが気まずそうな表情になった。

「もらってないですけど」

「じゃあコレあげるよ」

カーターがホイップがけのチョコのカップケーキを一つ多田くんに差し出す。

「いや、いいですよ、おれがもらったものではないですし、片桐さんが食べた方がいいですよ、ねえ」

多田くんがノゾミさんに助けを求めるが、ノゾミさんは「あら、私はどっちでもいいよ。たくさんあるし」と平然としている。ちなみに私は気まず過ぎてとりあえず気配を消していた。

結局断りきれなかった多田くんがカップケーキを受け取り、四人で帰り道のゲートまで向かった。

「チョコ、作ってこなくてごめんね」

多田くんと二人で横並びになったときに小声で詫びた。

「まったく気にしてないです。こっちこそなんか、申し訳ない」

平均年齢三十四・五歳の集団じゃ、さすがにはしゃぐのには無理がある、と腰が引けていたのは、一体なんだったのだろう。ちゃっかりとダブルデートして、二組のカップルができて、帰りのゲートを目指している。すっごいディズニーランドらしい一日になった。つい最近まで〝おひとりさまの最難関〟として、どう単独でクリアすれば良いか悩んでいたとは思えないほどの飛躍ぶりだ。

＊

翌朝、ノゾミさんと会社で普通に顔を合わせると、お互い、すっかりディズニーマジックの解けた、昨日一日はしゃいだ疲れがまだ消えていない、ほうれい線の日立った分別くさい顔になっていた。

昼食どき、お互いお弁当を作ってなくて食堂に行き、昨日の感想を言い合うでもなく、ご飯をぼそぼそと食べ始めた。

「お互いすごくひさしぶりに彼氏ができたんだから、もうちょっとはしゃぎましょうか」

ノゾミさんには昨夜メールで多田くんと付き合うことになったと伝えていた。私の提案にノゾミさんが苦痛の表情を浮かべる。

「すごくはしゃぎたいし、なんなら踊りたいんだけど、今日朝起きたら脚の筋肉痛がひどくって。思わず会社休もうかと思ったくらい、全身疲労でベッドから出られなかった。みつ子ちゃんは、はしゃいでいいよ」

「私も朝起きたら鼻水が止まらなくて、頭がぼーっとしてて。多分風邪ひきました。

あんなに防寒してたのに」

「今週一週間乗り切れそう？」

「乗り切るしかないですね。仕事なんだし」

　鼻づまりで食べる昼食は、メインの白身魚のフライより、お味噌汁の方が美味しい。

「ノゾミさんって、頭の中でもう一人の自分と話したりします？」

「なに、いきなり。しないよ、二重人格じゃあるまいし」

「私、一人になると、もう一人の自分、っていうか想像で作り上げた相談役みたいな人物とおしゃべりするのが日課になってたんです。もう何年も」

「そうなの？　暗い趣味だね」

「はい、暗い趣味です。でも話してるときには満たされてたし、元気も出たし、その時間が気に入ってたんです。頭の中に住んでる相手も、いいやつだったので。いつも好きなときに自由に頭の中へ話しかけて、見解やアドバイスをもらってました。でも昨夜うちに帰ったあと、ディズニーランドのことを話題にしようと話しかけてみたんですが、うんともすんとも相手からの返事が返ってこなくて。出てくるのを待ってたんだけど、そういえば多田くんにお礼のメール返さなきゃ、とか今度多田くんに会うときまでに色々しなきゃ、とかが思い浮かんで、意識が霧散してしまうんです」

「ふうん。そいつがいなくなってなにが困るの？」

ノゾミさんがきょとんとする。

「みつ子ちゃんだって、仕事がめちゃくちゃいそがしいときに、そいつと悠長に話したりしないでしょ」

「たしかに。今は多田くんと付き合うことになった事実に興奮して、相手との会話に集中できないからかもしれません。時が経てばまた話せるかな」

「興奮って、あんたたち、もうキスでもしたの？」

「してないですよ。ノゾミさんこそ、昨日はカーターに家まで送ってもらってたじゃないですか。キスぐらいしましたよね？」

「あ～ダメダメ、付き合ってもキスは絶対しないって最初に約束させられたから」

昨日から聞くたびに哀しくなっていたカーター独自のルールも、だんだん抗体ができて平気になってきた。

「言いそうですね。ノゾミさんは、それでいいんですか？」

「いつか絶対、隙を見てでも無理やりにでもしてやるから、大丈夫よ」

「頼もしいです」

多田くんと始まったお付き合いはぎこちないながらも、平和な雰囲気が常に漂い、おっかなびっくり相手の一挙一動に反応しながらも、次第に一緒にいて心から安らげるようになってきた。

＊

レンタカーで御殿場のプレミアム・アウトレットまで行ったとき、予想以上に帰りが遅くなったのと、すごい勢いで降り出した雪が積もって、チェーンを巻いてない車で帰るのは危ないと地元のホテルに泊まることになった。明日は日曜日だし、仕事に影響は無かった。

スマホを駆使して見つけたシティホテルは安い宿泊費に見合った簡素な作りで、私たちは禁煙室のはずなのにちょっと煙草臭い六階の部屋に泊まった。アウトレットのインテリアショップで買った、玄関に敷く予定の生成り色のラグの入った紙袋をホテルのクローゼットに仕舞っていたら、多田くんが抱きついてきた。

「ちょっと、やめて。今日はそんなつもりじゃないよ、ムリムリ」

丁寧に断ろうと思ったのに、動揺もあって笑いながら言うと、多田くんの手が止まり、動かなくなった。

笑うべきじゃなかったと思ったときには遅く、彼は私に背を向けてベッドに寝転がった。

「ごめんなさい。あなたの気分を害したくはなかったんだけど」

話しかけても、多田くんからはなんの反応もない。

恋人の小さな傷つきに敏感になるのも、なられるのも苦手だ。相手の不機嫌に気づけば、ひやっとして一分でも早く挽回《ばんかい》したいのに、大体繕《つくろ》おうとすればするほど墓穴を掘り、逆に自分の気持ちの変化に敏感な相手に顔色をうかがわれると、当惑する。

なにしろ、一度付き合ったら世界は二人きりになる。愛の濃度に関係なく、つがいで寝そべったベッドは碇《いかり》を下ろさない小舟になり、オールも無いまま気づけば湖の真ん中にいる。さっきまで二人分の体温でほかほかしていたシーツの隙間も、太陽が雲に隠れた真冬の昼間みたいに風にあおられて、水上の冷たい空気がむき出しの肩をなでる。

男の人と付き合うのって、これだから嫌だ。一寸先は闇。さっきまで笑い合っていたのに。

多田くんはベッドに伏したまま寝入ってしまう作戦に出たようで、規則正しい呼吸だけが聞こえる。

部屋に居場所がなくて、仕方なく入った浴室のシャワールームで重苦しい気持ちを湯と一緒に流そうとした。

多田くんもいい年なのに、ちょっと拒否されただけであんなに落ち込むなんて。意外とプライドの高い人なのかな。それとも過去のなんらかの傷によるものだろうか。人の心は難しい。

頭からシャワーを浴びながら、束になった髪の毛から流れ込んでくるお湯で顔を濡らしながら、目の前のタイルの壁に人さし指で意味の分からない記号を描いた。タイルには丸い水滴がいくつか付くだけで、記号は浮かび上がらない。

「ねえA、私は多田くんともうまくいかないのかな？」

言葉にすると、足元の地面が丸くくりぬかれて、そのまま下の暗黒へストンと落ちていきそうだ。

「考えすぎはいけませんよ。楽しい旅行のさいちゅうじゃないですか。さ、そろそろ上がりましょう」

ひさしぶりに聞くAの声はありえないほど落ち着く。

「やっぱり近くに居たんじゃない。話しかけたら答えてくれても良かったのに」

「浴室の床がすべりやすいので気をつけて」

「うん、ありがとう」

私は声に出してつぶやいた。

シャワーを止め、すこしごわついたホテルのタオルで身体を拭いた。

ベッドでは多田くんはもう起き上がっていて、完全ではないけど機嫌はさっきよりはましになっていた。

「ごめん、ちょっと寝てたわ。あー、もう一時だ。朝まで寝ても良かったかな」

「そうだね。もう寝ようか」

「いや、そのまえに飲み直そう。さっき買ってきたやつ、開けないか？」

「分かった。私、梅酒はロックで飲みたいから、製氷コーナーから氷取ってくるね」

「製氷コーナーなんてあるかな？」

「あるよ、ホテルの廊下の自動販売機コーナーの横に無料の製氷機があるよ。部屋に来る前に見た。行ってくるね」

無人の廊下を歩き製氷機コーナーにたどりついた。製氷機から落ちてくる氷でグラスを満たして、あとはもう帰るだけなのに足が動かなくなって、眩暈《めまい》がしてきた。

「どうしたんですか」

遠くでAの声がする。

「部屋に帰りたくない。多田くんに会うのがこわい、また不穏な空気になったらどうしよう。一人で孤独に耐えている方がよっぽど楽だよ」

シャワールームでは出なかった涙が、いまさら溢れ出してくる。

「多田くんを愛《いと》しく思う気持ちはあるよ。でも距離の取り方が分からない」

さっきの小競り合いだけが原因ではなかった。いくら恋人同士とはいえ、私には予想外のお泊まりなどという、恋愛ドラマみたいな展開はきついのだ。ずっと静かな一人の部屋で眠ってきた私は、間違いなく今夜一睡もできない。それはいいとしても、ツインの空きの部屋が無かったからしょうがないけど、ダブルベッドで寝なければならない。多田くんはベッドで迫ろうかどうか今思いあぐねているだろうけれど、私はそれどころじゃない。身体がこわばって、きっと寝返り一つ打てそうにない。独り言が異常に多いと気づいていても、とめどなく口からこぼれ落ちてゆくように、受け止め先もないまま〝私〟がこぼれ落ちてゆく。いままではなんとか形を保てていた〝私〟が、頭からチャックを開けられて、中身が外へ溢れ出てしまう。

だれでもいい、だれか私をくいとめて。応急措置の包帯でも、下手くそな漆喰《しっくい》の塗り固めでもいい、とにかく、早く、なんとかして。

「大丈夫ですから、ちょっと落ち着いてください。気持ちを追い詰めたら、辛くなるだけですよ」

「逃げたい、ここから。一人になりたい。寒い冬なんて大嫌い。真夏の天気の良い海が見たい」

「とは言ってもいまは夜ですし。外は雪がふぶいてますよ」

「分かってるけど、逃げたいの」

倒れたグラスからホテルの絨毯《じゅうたん》の上に氷がこぼれる。足を抱えて膝に濡れている目元をくっつけて、うずくまる。


波の寄せては返す音が聞こえた。レジャーシートにうつぶせになっていた身体を起こし、ひねって後ろを見ると、海だ。際限もなく広がる快晴の空と、太陽の光を受けながら身もだえするように海面をうねらせる青い海。急に周りの気温が上がった気がして顔を上げると、海の砂浜のど真ん中にいた。日差しが眩しくて目がうまく開かない。真冬の夜だったはずなのに。どこの海だろう、ここは？

焦げるほどじりじりと熱せられている砂浜と、そこに居るのに私に涼しい影で境界線を作ってくれているのは、大きくて黄ばんだ白いパラソル。肌を濡らす海水をふき取って若干湿っているねじれたバスタオルを挟んだ向こうに、男の人がいた。私を心配そうに見守っている。

「だいぶ混乱されてたみたいだったので、私の世界へ呼びました。ご希望通り、海にしましたよ」

声がまぎれもなくAだ。初めて、会えた。緊張がときほぐれて、笑顔になる。

「ちょっとぽっちゃりしてたんだね、A」

「そうでもないと思いますよ、標準体型です」

茶色いべっこうの縁の、お洒落な眼鏡をかけたAのレンズの奥の目は優しげだった。Aの年齢は不詳で、私と同じくらいの年と言われれば、そうか、と思うし、もっと若いと言われても納得できそうだ。もち肌で色白の小太りで、お腹の上におっぱいが乗っているとまでは言えないが、ジュニア相撲《ずもう》をする小学生と同じくらいには存在感のあるおっぱいをしていた。

「私が太っているというのはもう十分よく分かりましたから、あんまり責めないでください」

いつも通りAは私の思考を読めるみたいで、気分を害した目つきで私を見てきた。

「ごめん。でもこれも伝わってると思うけど、私はAの外見、全然嫌いじゃないよ。それにしても、初めて会うのがなんで海パン姿なの？」

「あなたが海が見たいって言うから、要望に応えた結果です。ほんとはスーツとかで登場したかったけど、TPOに合わせてラフな格好にしました」

「派手な海パンだね」

Aは赤と白のストライプの入った海水パンツを穿いていて、眼鏡同様に小粋だが、穏やかそうなAの人柄に反して、やたらハッラッとした柄だった。

「これも、あなたの趣味に合わせたまでですよ」

「へえ、そうなんだ」

私ってああいうのが本当は好みなんだ。深層心理は自分のことでも分からない。

「とにかく、じっさいに会えてうれしいよ、A。私たち、けっこう長い付き合いだもんね」

「私もです。とっさの判断でしたが、会える機会が持ててちょうど良かった」

上空から何か降ってくる音がして、パラソルをよけて空を覗いたが、遠くを飛ぶのはヘリコプターだった。地上まで音を届けながら、こちらからはずいぶんゆっくりして見えるスピードで、青空を区切ってゆく。

「一緒に飛行機乗りましたね」

　Aの片頰が上がり、思い出し笑いの形を作る。

「乗ったね。いま思えばさ、Aもびびってたよね」

「そんなことないですよ」

「途中までは冗舌だったけど、すごく揺れるようになってからは、結構押し黙ってたでしょ？　前半の調子の良さがまるで嘘のようにさ」

「たしかに、余裕はなかったですね。あのとき、私たちだけが緊急事態でしたね」

「ぶじで良かった」

「そう、ぶじで良かったです」

　Aは身体を後ろに倒しながら気持ち良さそうに風の中で目を閉じた。Aの背後には砂浜が続き、その向こうには海岸にせり出した大きな岩場と原生林が見える。この砂浜、知っている。中学生の頃家族旅行で訪れた、生まれて初めて見た海だ。

「イタリア、荘厳な国だったね」

「普段の地味なあなたの生活からは考えられないくらいの異世界でしたね。ローマの街並みももちろん印象深かったですが、イタリア人家庭のクリスマスとお正月を体験できたのは、貴重でしたね」

「ものすごい食べたよね。血の気が引くほど胃に詰め込んで」

私が笑うとAも頬をゆるめた。

「良かった、だいぶ気分が良くなってきたみたいですね。ひさしぶりの恋愛で不安になるのは分かりますが、もう必要以上に落ち込まないでください」

「この海の世界は、Aが用意してくれたの？」

「そうですよ。私はただのアドバイザーではなく、色々と多才なのです。ほら、こんなのもできますよ」

Aは指を丸めて筒形に握った手の中から水を出して、私の持っているグラスに注いだ。驚いて声を上げると、水の量が増えて、まるで手の内に蛇口があってひねってるかのように、まっすぐの水がグラスを満たして、みるみるうちに溢れ出し、こぼれて太ももを濡らし、新鮮な冷たさにびっくりして笑い出すとAも笑う。

「すごい！　どうしてこんなことができるの？」

「あなたが望むからです」

Aは手の形を変え、今度は溜まった水を受け止めるように両手をおわんの形にして掲げた。両の手のひらに手から湧いたとしか思えない水が溜まり、手の隙間から水は溢れ出し、またグラスに注がれる。Aがどんな形に手を変えても水は溢れ出し、ひらひらと動かした指先からしたたり落ちたり、手のひらを逆さに向けたら激しい雨のように粒になってグラスに降り注ぐ。とっくにグラスは満杯で水はどこまでも外へ外へ流れ、私の身体を濡らしてからはレジャーシートへ、さらに砂浜に伸びて黒く染みこんでゆき、真夏の暑さを冷やす。Ａが水を私の顔にかけてくる。

「わっ」

よけきれず目をつぶって、顔と前髪が濡れる。

「見ててください」

Ａが再びグラスの上に手をかざし水を注ぐと、水の溢れるグラスは少しずつ輪郭を失っていき、持っている感触もなくなったかと思うと、完全に消滅して、水は直接私の折り曲げた膝に降り注いだ。水も少なくなっていき、完全に止まって、Ａの指先からしずくが落ちるだけになる。

「ありがとう。楽しかったよ」

「気休めですよ。なんの解決にもならない」

「でも楽しかった、冷たくて気持ち良かった」

「なによりです」

Ａは満足げに言って、頭の後ろに手を組んでシートに寝転がった。

「落ち込んでいた気分は良くなりましたか」

「うん、ずいぶん楽になった」

「一体なにがそんなにショックだったんですか。多田さんとの距離がぐっと縮まる良い機会じゃないですか。抱きついてきた彼に幻滅したんですか」

「ううん、多田くんは何も悪くなくて。自分が根本的に人を必要としていないことがショックだったの。人と一緒にいるのは楽しい。気の合う人だったり、好きな人ならなおさら。でも私にとっての自然体は、あくまで独りで行動しているときで、なのに孤独に心はゆっくり蝕まれていって。その矛盾が情けなくて」

「オレンジジュースを飲まないと死んでしまう人はいますか？」

「めったにいない」

「水を飲まないと死んでしまう人はいますか？」

「人間はみんなそうだよ」

「では、オレンジジュースが好きな人はいますか？」

「いっぱいいる」

「そうです。根本的に必要じゃなくても、生活にあるとうれしい存在はたくさんあるんです。というか、私たちはそういうものばかりに取り囲まれて生きていますよ。根本的に、なんて思いつめなくていい。多田さんに優しくして、彼が疲れているときは寄り添い、暗いときは何気《なにげ》ない会話でリラックスさせてあげなさい。彼の喜ぶ顔が見られたらうれしい、そんなささやかな実感が、愛です。相手の心に自分の居場所を作るのは楽しいですよ。大丈夫、あなたならできます。ディズニーランドだって、風邪を引いちゃうほど、夢中になって楽しめたじゃないですか。ジェットコースターは、乗らなかったけど」

Aの言葉が素直にしみ込んでゆく。完全な他人の言葉ではなく、私の分身であるAが諭してくれたことがうれしい。だって彼の言葉はもともと私の中にあったものだから。前向きに頑張る力が、実は私の奥底にすでに芽生えているんだ。

「そろそろ帰らなきゃいけないですね、私は」

「帰るって、私の中に？」

「違います。あなたはそれを望んでないでしょう」

「望んでるよ、だって」

焦る気持ちが言葉より先に出てきて、唾《つば》を飲み込む。

「Aがいなくちゃ、さびしいもの。こんな広い世界、とても一人じゃ生きていけない。いつだって、話し相手が欲しい。恋愛のときとか、突飛《とっぴ》なアドバイスに振り回されてもしたけど、私の事情を全部知っていて、それでいて客観的に意見してくれるあなたの存在は、いつもうれしかったよ。なによりもいつも一緒にいると楽しかったよ。Aはそうじゃなかったの？　息苦しかった？」

「まさか。私はあなた自身ですからね。あなたと一緒にいて当たり前だったし、呼び出されるとうれしかったですよ」

Aの茶色い瞳が私を見つめ、私の思い出も一緒に見つめ、懐かしそうに細められる。

やめて、行かないで。私にはまだ勇気がたりない。

「私と離れようとしてるのは、あなた自身です。こんな場所に耽溺《たんでき》していてはいけない、いつか戻ってこれなくなると怯えているのもあなたです。そしてその怯えは正しい。人間が必要とするのは、いつも自分以外の人間ですよ。他人との距離は一万光年より遠くても、求めるのは他者の存在なんです」

常に身近で励ましてくれた。切羽つまったときには気分を軽くしてくれた。わざわざ指人形をはめて声色を変えて演技する必要もなく、ごく自然に私の内側にいて、ただ素朴に話しかけるだけで、いつも平静な声で返答してくれた。

「Aがいなくなれば、私は誰ともおしゃべりできない」

「だいじょうぶ」

　Ａが私の手を握る。Ａの手に体温はなく、ただ肉厚の手のひらが、ふわふわと柔らかい。

「ドアを開けて外に出てみましょう。何を考えているか分からない相手だからこそ、伝えられる言葉があるんです。意識の外に出て。私もあなたから飛び出して、遠くへ旅行に行き、思いきり遊んで、楽しんできます」

「Ａは、私だよ。Ａの発する言葉を信じて生きてゆきたいよ」

「自分の声なのに、自分と切り離してはだめなんです。私の声を、あなた自身の声として取り戻してください」

　いきなり手を離すと、Ａはパラソルの外へ飛び出した。あちっあちっと太陽に熱せられた砂浜を、跳び上がりながら海へ走ってゆく。私もレジャーシートを蹴って、足の裏が焦げそうなほど熱い砂を蹴散らしてＡに追いつこうとするが、Ａはあっという間に海に飛び込んで、ものすごく海水が冷たいのか、爽快な歓声を上げた。

「まって、まって、Ａ。置いていかないで」

　Ａは私に素早く手を振ったあと、波をぐんぐんかき分けるクロールで、波の高い海を水平線に向かって泳ぐ。私も波打ち際まで来た、でも冷たい海水に足首まで浸《つ》かりながらも、足がすくんでそれ以上先に進めない。海は目に染みるほど美しいけれど、波が高く荒く、白いしぶきを上げて、とてもとても泳げない。Aに追いつけない。泳いでいたAは波間に消え、一度見失ったが、立ち泳ぎしているのか黒い頭が一瞬海面から上がっているのが見えた。こっちを眺めているのか、水平線に向いているのか、遠すぎて分からない。彼の頭はしばらくその位置にとどまっていたが、沈んで、また泳ぎのしぶきが水平線に向かってゆくのが見えた。それきり、見失った。

目を開くと、まず最初に見えたのは、絨毯の上で氷が溶けてできた水たまりだった。製氷機の発する明かりと、ブーンという稼働音が聞こえる。頭の中はしんとして、涙は乾いていた。新しい氷でグラスを満たす。

「遅かったね。製氷機、見つかりにくかった?」

部屋に戻ると、多田くんが心配げな表情で声をかけてきた。

「ううん、ついでにちょっと海の風に当たってきたから遅くなったの」

「え、なんて言った?」

「ううん、なんでもない。ホテルの中をうろうろしてただけ」

「さっきはごめんな。年甲斐《としがい》もなく、すねてしまって。正直、今日はなにかあるって、そんなに期待してたわけじゃなかったんだ。泊まる予定もなかったしね。ゆっくりで全然かまわないんだ」

「こちらこそ、ごめんね。冷たい態度を取ってしまって」

多田くんは私の元気のない様子を自分のせいだと思っているらしく、気にして色々話しかけてくれた。お酒を飲んだあとはベッドに並んで手をつなぎ、恐れていたけんかの気配はもうどこにも漂っていなかった。絶対に眠れないと思っていたのに、手をつないだまますぐ意識がなくなり、気づいたら朝だった。軽く口を開けて眠っている多田くんの顔を眺めながら、コンコンと自分の頭蓋骨《ずがいこつ》をノックする。

ねえA、いるんでしょ。いつもみたいに返事してよ。

どうかしましたか。

返ってきたのはAの声じゃない、ノックした側の私の声だ。独り言を言って、Aの真似事をしているだけ。Aはいない。脳の中は引っ越した後の部屋のごとく、がらんどうだ。

Aは私が話しかけても答えないんじゃなくて、頭の中からいなくなってしまった。脳からAの気配が消えている。完全に出て行ったのか、いまは留守にしているだけなのかは分からない。一種のひらめきに似たAと会話できる特殊能力を、私は恋によって失ってしまった。

それでも、だるまさんが転んだみたいにふり返って凝視しているから、Aが物陰に隠れたまま動かず出てこないだけで、再び柱に顔をつけ、目を閉じてゆっくりと「だるまさんがころんだ」と言っていれば、忍び足で近づいてきたAが、後ろから抱きしめてくれる気もした。またいつもと同じ調子で、ある日ふいに呼びかけてくれる期待が消えない。

＊

季節が暖かくなってきた頃、多田くんから二泊三日くらいの旅行へ行こうと誘いが来た。この前みたいにハプニングが重なったせいでの一泊じゃなくて、正式な旅行だ。私は沖縄にすごく行きたいけど、実は行き帰りの飛行機がこわくて不安だと打ち明けると、怖くないようにずっと話をして気をそらせてあげるから大丈夫、二時間半だし、あっという間だと説得されて、なんとか行く気になった。

日常から飛び出して私がピンチになれば、Aがひょこっと帰ってくるかもしれない、という下心もあった。もし帰ってこなければ、今度こそ私はAと決別しよう。

旅行が決まってから、あきらかに身体が澄んでいる。昼休み中に、さっそくノゾミさんに多田くんとの沖縄旅行を自慢した。

「沖縄か、いいねえ。私、黒糖のあめとか結構好きよ」

「分かりました、お土産で買ってきます。というか、もし良かったらカーターも含めて一緒に行きませんか？　ダブルデート第二弾で」

「いいじゃない！　ちょっと聞いてみる。あ、片桐くん、ちょっとこっちに来て」

会社でも付き合っていることをオープンにした二人は社内でも今まで通り、気軽に話している。気を遣うのは周りだけだ。

「みつ子ちゃんと多田くん、沖縄行くんだって。私たちもどう？」

コーヒーの入ったカップを持って近づいてきたカーターにノゾミさんが話しかける。

「沖縄は暑いし、日焼けするから、ちょっと。というより、そんな大事な話を軽く持ちかけるのはやめろよ」

なぜか難しい顔をして機嫌の悪いカーター、しかしノゾミさんは動じない。

「あっ、ごめんね。ちょっと間違えちゃったみたい。気にしないで」

「さすがに社内で旅行の相談は非常識だと思ったんですかね」

後ろを向いて去ってゆく背丈の高いカーターに聞こえないように、小声でノゾミさんにささやく。

「違うでしょ。大事な話はゆっくり二人で決めようよ♡って事だと思うな。初のお泊まり旅行、彼はどこに行きたいんだろう？　暑いのイヤなら、北海道かな？」

うきうきし出したノゾミさんを尻目に、私はスマホで沖縄のホテルについて検索し始めた。

＊

当日、多田くんと午後から羽田空港で待ち合わせた。朝ご飯か昼ご飯か区別のつかない中途半端な時間に、食パンにマーマレードを塗ったのを三枚食べたら、眠たくてしょうがなくなってきた。休みを取るために、この一週間夜遅くまで残業して働きづめだったのが、急に疲れとして襲ってくる。倒れ込むようにソファへ転がると瞬く間に眠ってしまった。

携帯のタイマーをセットする暇も無いまま眠りに落ちたせいで、完全に起きてから時間を見たら、家を出発しようと思っていた時刻のぎりぎりだった。あわてて身支度を済ませて家を飛び出すと、急ぎ過ぎて鍵を持っていない。さっき閉めたばかりのドアを開ける。いつもの置き場所である玄関前の籠の中に鍵がなく、部屋に戻ってバッグの中も探すが見当たらない。あわてて支度をしたせいで部屋は床やベッドまで、結局着なかった服が散らばっていて汚く、モノがあふれていて、心当たりのある場所を漁っても一向《いっこう》に鍵は見つからない。じんわりと汗が額に浮かび、焦りがつのる。飛行機に乗り遅れたらどうしよう。空港までの高速バスも本数が限られているし、次のに乗り遅れたら、搭乗時間までに着けるかどうか。このまま鍵を閉めずに家を出ようか。いや、四日間も留守にするのに危なすぎる。せっかくの沖縄、白い雲、青い空、紺碧《こんぺき》の海。多田くんは呆れて、やっぱり私は本当は行きたくなかったんだと絶望して、一人で飛行機に乗って行ってしまうかもしれない。

「鍵は、リビングのローテーブルの上にありますよ」

懐かしい、涼しい声がした。頭の中で平然と響く。

「A?」

「出る直前に洗濯物を取り込んでないことを思い出して、鍵をテーブルの上に置いてから、ベランダに出たじゃないですか。多分あそこに置いたままになっているでしょう」

ふらふらとリビングのローテーブルに近づくと、鍵はなく、すぐ近くの戸棚の上に置いてあった。

「あ、ちょっと外れましたね……」

Aのくやしげな声が、またスーッと消えてゆく。

「ちょっと待って、鍵の場所だけ教えるってなんなの。もっと話そうよ、ねえ！　これから飛行機乗るのこわいよ、助けて！」

「今回は大丈夫ですよ……」

ほんの微《かす》かに脳内にAの声が響いて、それきり、しんとした。旅行したら会えるかもという期待が、完全に消えた。

Aが恋しくて涙が出てきた。しかし泣いてる場合ではない。

Aの見つけてくれた鍵を持って玄関のドアを開ける。風が家の中に吹き込み、びゅっという短い音と共に部屋全体の空気圧が入れ替わった。

スーツケースを超特急で転がしながら、最寄り駅のバスターミナルまで走ってゆき、予定のバスになんとか間に合った。

スーツケースをバスの係員に預けて座席下の収納スペースにしまってもらい、冷房のきいた車内に入り、座席に座る。予定時刻通りにバスがターミナルを出発し、見慣れた駅前の景色が通り過ぎてゆくのを窓から眺めて、ようやくほっとする。間に合った。携帯を探ると、多田くんからメッセージが入っていた。

〝いま向かってます！　そっちはどんな感じ？〟

午前中は出勤していた多田くんは、会社から空港に向かう予定になっている。スーツケースを持って会社に行ったら、ひんしゅく買うんじゃないの？　と言ったら、逆にこれから沖縄旅行だって自慢してやりますよ、と言い返してきておもしろかった。

〝私もいまバスに乗ったよ。予定通りの時間に空港に着けそう〟

返事を打ち込んで一息ついてから携帯をしまう。さっき、ひさしぶりにAと会話できた。私が本当にあわてて困っているときには、これからも出て来てくれるのかもしれない。とするとAはすぐそばで、いつも私を見守ってくれているのかな。そうだ、しゃべれなくてもAはいつも私と共にいる。だからこそ私は私で居続けられる。バスの心地よい振動を身体全体で感じつつ、どんどん後ろへ流されて行く街の景色を眺めながら、Aに頭の中で呼びかけた。
A、もう聞いてないかもしれないけど、話すね。私から呼びかけるのは、これで最後にします。迷っているとき、いつも相談相手になってくれてありがとう。私は、私自身にさえすがりつかなければ困難を乗り越えられないほど弱い人間だけど、Aがいたおかげで何度も乗り越えられたよ。いつも励ましてくれて、つねに私の味方でいてくれてありがとう。いつも言ってほしい言葉をかけてくれてありがとう。これからは自分とは別の人間と、向き合って、体当たりで、ぶつかり合って生きていくよ。でももし頑張っても上手くいかなくて、また孤独でピンチに陥ったら、どうぞよろしく。頼りにしてるよ。

私はラッキーだって今気づいた、本物の孤独なんて私には永久に存在しないね、だって常にAがそばにいるから。Aは私なんだから。そう思うと、すごく強くなれるよ。

返事は聞こえないが、頭の中でAが微笑んだような、脳のシワのうちの一本がゆるんだ感覚があった。

解説

みつ子力の向上とストレスレスな世界

金原ひとみ

先日出張で数日を共にした女性が、進展しない関係に悩んでいた。彼が発展を望んでいるのかどうか分からない。この間三回目のデートをしたが、半日一緒にいても何もしてこなかった。三十も過ぎているのに未婚だし、そもそもあまり恋愛を求めていなさそうでもある。が、LINEは毎日送ってくる。

まだ石橋タイムなんじゃない？　過去に痛い経験があるのかも。ただの奥手じゃない？　でも毎日LINE送ってくるって……。まあ超遊び人か落としにかかってる以外ないですよね？　と私も含めた三人の女が場に投入されたエンターテインメント要素に一斉に群がり推測するが、最終的に「まだ三回でしょ、四回目のレポを聞かないと結論は出せない」と結論づけ、四回目のデートプランを練り始めた。彼がたこ焼き好きだという情報を得て、家で二人タコパをしたらどうかと提案すると、家は引かれませんか？　と彼女は引き気味だ。

でも向こうにその気があるか知りたいんですよね？　そもそもそんなのちょっとしたタイミングで手を握ったり、耳のあたりの髪を撫でてみればいいんですよ。少なくとも向こうがどういう気かくらい分かるじゃないですか。私がそう言うと、彼女はそんなの無理です、とか細い声をあげ、今の関係が壊れるのは嫌なんですと不安げな表情で続けた。別にまだすごい好きってわけじゃないし、いいなあと思ってるだけだから、でも向こうにその気がないなら他の出会いも求めたいし……。って言ってたのに？　と疑問符が浮かんだけれど、それは駄目になった時の布石かもしれなかったから突っ込まないでおいた。タコパするなら共通の友人カップルも呼んでダブルデートにしようかな、と彼女は非常に彼女らしい結論を出した。ここにもみつ子。私はひっそりそう思った。

日常の中で、みつ子に出会うことは多い。好きな人、気になっている人はいるけど今の関係を崩したくない、という逡巡はこの一年で四人から聞いた。皆それぞれそれなりに悩んでいるが、それぞれそれなりに今の状況に満足しているようでもあって、私のアドバイスが役立ったケースは一つもない。上記の彼女も含め四人中三人は未だにぐずぐずとした恋愛未満の関係を続けていて、唯一思いを成就させた男性も、痺れを切らした彼女に押し倒されそういう関係になったという。この十年ほど、みつ子力の高い人は男女を問わず増え続けている。

また、みつ子の同僚、ノゾミ的な人も身近なところに散見する。韓流アイドルやフィギュアスケーターや同僚、好きになった誰かを完全に崇拝し、生活のほとんどをそこに捧げている人は意外なほど多い。普通にスペック高めの男の子が、ずっと片思いをしている女性に、目障りにならないよう気をつけながら付きまといあれこれしてあげているのを見て、付き合いたいと思わないのと聞いたら、もちろん付き合いたいけど近いところにいられるだけでも、連絡を取り合えるだけでも幸せだ、と言われて感心したこともあった。カーターが喜ぶ小さなお菓子を与え続け褒めそやすノゾミと同じように、彼もまた彼女の喜ぶものを与え続け、褒め称え、彼女の反応一つ一つに幸福を感じているようだった。でも最終的には性的な関係になったりしたいんだよね？と食い下がる私に、ドライヤーで髪の毛を乾かしてあげられたら幸せだな、と彼は夢見るような表情で答えた。

我が子にみつ子力を感じることもある。以前海外出張のお土産としてユニコーンのぬいぐるみを次女に買って帰ったのだが、プリキュアが自分のパートナーとしてあてがわれた動物を模した妖精に、発破をかけられたり励まされたりして戦う様子を想起させるほどに、もらった日から次女はユニコーンと人生を共にしているのだ。ユニコーンがぴったり入るバッグを探し出し、友達の家に行く時も、習い事に行く時も、私と買い物に行く時でさえも肌身離さず、一人二役でやりとりをしながらユニコーンの出自やキャラ設定まで作り上げ、ユニコーンのＱＯＬを向上させるべく、自分が学校に行っている間ユニコーンが過ごすための家を段ボールで作り、お風呂を作り、寝室を作り、さらに滑り台やハンモックまで作り始めたので、最近では段ボールが届くと次女の目に触れない内に折りたたんで捨てなければならなくなった。みつ子とＡのように互いを知り尽くした彼らのやりとりを間近で見ていると、私までピンクのユニコーンに魂が籠っているかのような幻想に捉われる。

特にぬいぐるみを大切にした記憶がなく、お土産を探しながらもうぬいぐるみなんてもらっても嬉しくないかなと迷っていた私にとって彼女の行為は意外だったが、そこには時代の変化も感じられる。

例えば子供に対して、いい年してぬいぐるみなんて持ち歩いて、と言う親は減ったはずだし、前述の恋愛未満の関係を長々と続けている人に対して、ぐいぐい行きなよ！　的なアドバイスをする私のような人も減った。大人たるものこうあるべし、という抑圧も減り、結婚や出産へのプレッシャーも都心では特に弱まり、酒飲まない煙草吸わない車持たない高級ブランド買わない夜の付き合いをしない若い会社員が増え、かつての大人像は覆りつつある。これはもはやモラトリアムの延長などではなく、そもそもの大人という概念、ひいては人間という概念が変わりつつあることの表れではないだろうか。この十数年で、自分の好きなものを好きなだけ手に入れ愛でること、自分の心地よい空間を手に入れることへの抵抗が弱まり、趣味判断の領域が大幅に広がった。自立した大人、というかつて採用されてきたプロトタイプの脆弱性、また時代との不調和が明らかになるにつれ、倫理、意識をもとに自己を形成すべきという外圧が弱まり、好きという趣味判断、安心したいという本能的欲求を、人々はフラットに認められるようになってきたのだろう。

本作『私をくいとめて』に於いて、綿矢さんは非現実的なキャラクターを徹底的に排除している。こんな人いる？　と笑ってしまうような幼稚でエゴイスティックなカーターというキャラクターには、むしろ神がかっているほどのリアリティを感じる。

彼は人をざわっとさせる天才ではあるが、全くストレスではない。むしろ痛快で、ちょっと嫌味なことを言われてみたい、とすら思わせる。実はこのキャラクターはどことなく私の夫に似ていて、カーターが登場するたび夫の顔がちらついて仕方なかった。多田くん、イタリア人の夫を持つ皐月も、身近な家族や友人のように感じる。

これまでの綿矢さんの小説には、時折ぎょっとするような小さな憎悪、小さな悪意、小さなストレスが秘められていた。それに触れるたび、世界が嫌になると同時に、受け入れがたいものをも小説に内包し説得力を持って表現しきるその力に圧倒されたが、『私をくいとめて』にはその小さな嫌なものものが見当たらない。カフェで隣り合わせたプッチとミキの会話も、一歩違えば卑劣なマウント劇になりそうなところを、みつ子の洞察とAとの軽快なやり取りによってみつ子的世界に内包することで、普段誰もが目にする日常として描かれている。

綿矢さんの嫌なものものを内包する小説の持つ、悪意や憎悪を受け止め生きていく力強さにも勇気付けられたが、本作のストレスのない現代社会にたゆたう人々を切り取るその切り取り方の鋭さには、変容していく世界と向き合う覚悟が感じ取れた。この小説は鋭く抉《えぐ》っている。人の心を、ではなく、世の移り変わりと、その移り変わりの中で、両方の世に足をかけて生きざるを得ない人々の揺らぎや迷いを、彼らの足を、ざくりと抉りみつ子の目に見える世界だけを切り取っている。読みながら、この小説に描かれるあらゆる穏やかさとは相反した、その切り取る電ノコの熱を、炎で炙り蒸発させ徹底的にみつ子に本音を吐き出させる熱を感じた。そうか綿矢さんは新しい工具を手に入れたのか。私はこの小説を読んでそう思った。新たな工具を手に入れた彼女の手で、これから大木から彫り出されるのは、鬼の形相の般若か、ダイナミックな一枚板のテーブルか、それとも躍動感ある木彫りの熊か分からない。そこに現れる対象がなんにせよ、彼女はこれまでとは一味違ったやり方で、精巧な世界を鋭利に切り取り、その鋭さに突き刺された人々が喘ぐのも厭わず世に投下し続けるだろう。

余談だが、みつ子は飛行機内で大滝詠一の歌を聴きながら恐怖に涙するが、綿矢さんは飛行機に乗るとクイーンを聴きながら恐怖で号泣すると話していた。聞いた時は爆笑していたのだが、その日の夜その様子を想像すると何故か泣けてきた。この時の涙の理由は未だによく分かっていない。

（かねはら ひとみ／作家）

私《わたし》をくいとめて

朝日文庫

2020年2月28日　第1刷発行

著　者　綿《わた》矢《や》りさ

発行者　三宮博信
発行所　朝日新聞出版
〒104-8011　東京都中央区築地5-3-2
電話　03-5541-8832(編集)
　　　03-5540-7793(販売)
印刷製本　大日本印刷株式会社

Published in Japan by Asahi Shimbun Publications Inc.
定価はカバーに表示してあります

ISBN978-4-02-264949-2

さだ　まさし
ラストレター

聴取率〇％台。人気低迷に苦しむ深夜ラジオ番組を改革しようと、入社四年目の新米アナウンサーが名乗りを上げるのだが……。《解説・劇団ひとり》

久坂部　羊
悪医

再発したがん患者と万策尽きて余命宣告する医師。悪い医師とは何かを問う、第三回日本医療小説大賞受賞作。《解説・篠田節子》

大沢　在昌
鏡の顔
傑作ハードボイルド小説集

フォトライターの沢原が鏡越しに出会った男の正体とは？　表題作のほか、鮫島、佐久間公、ジョーカーが勢揃いの小説集！《解説・権田萬治》

西　加奈子
ふくわらい

不器用にしか生きられない編集者の鳴木戸定は、自分を包み込む愛すべき世界に気づいていく。第一回河合隼雄物語賞受賞作。《解説・上橋菜穂子》

畠中　恵
明治・妖モダン

巡査の滝と原田は一瞬で成長する少女や妖出現の噂など不思議な事件に奔走する。ドキドキ時々ヒヤリの痛快妖怪ファンタジー。《解説・杉江松恋》

畠中　恵
明治・金色キタン

東京銀座の巡査・原田と滝は、妖しい石や廃寺の噂など謎の解決に奔走する。『明治・妖モダン』続編！　不思議な連作小説。《解説・池澤春菜》